ジェザベル

Jézabel

Irène Némirovsky

イレーヌ・ネミロフスキー

芝盛行 訳

未知谷

Publisher Michitani

主要登場人物

グラディス・アイゼナハ　本篇の主人公
ベルナール・マルタン　グラディスに射殺された青年
テレサ・ボーシャン　グラディスの従姉
クロード－パトリス・ボーシャン　テレサの夫
オリヴィエ　クロードとテレサの息子
リチャード・アイゼナハ　グラディスの夫
マリー－テレーズ　グラディスの娘
マーク・フォーブス卿　グラディスの愛人
アルド・モンティ伯爵　グラディスの恋人
ジャンヌ　グラディスのメイド
カルメン・ゴンザレス　化粧品売り、マッサージ師、助産婦
リリー・フェレール　グラディスの友人
ジャニーヌ・ペルシエ　グラディスの友人
ローレット・ペルグラン　マルタンの恋人
ベルサ・スープロス　マルタンの養母

ジェザベル

プロローグ

　女が被告人席に入った。蒼ざめ、取り乱して疲れた様子にも拘《かかわ》らず、彼女はまだ美しかった。ただ、優美な形をした瞼《まぶた》が涙でしおれ、口は窄《すぼ》んでいた。それでも若く見えた。髪の毛は黒い帽子に隠れて見えなかった。

　彼女は無意識に両手を首に当てた。おそらく、かつて飾っていた真珠の長い首飾りを探して。だがそこには何もなかった。手のやり場がなく、指をゆっくり悲し気に締めつけた。その一挙一動を危ぶみながら目で追っていた大勢の傍聴人たちがかすかに騒めいた。

「陪審員諸氏はあなたの顔を見たがっています。帽子を脱いでください」裁判長が言った。

　彼女は帽子を取った。すると改めて、人々の視線がいっせいに彼女の小ぶりできれいな、何もつけていない手に注がれた。証人席の最前列に坐っていた彼女のメイドが、主人を庇《かば》うように、思わず身を乗り出した。それから我に返り、赤くなって、うろたえた。

　パリの夏日だったが、肌寒く薄暗かった。高窓を雨が伝い、古い板張り、天井の金の格子梁、判事たちの赤い服が荒天の鉛色の光に照らされていた。被告は自分の正面に坐っている陪審員たち、それから隅々まで人が群がる法廷を眺めた。

裁判長が尋ねた。

「あなたの氏名は？……どちらの生まれですか？……年齢は？……」

被告の唇から洩れた呟きは聞こえなかった。法廷の中で女たちが囁いた。

「あの人、答えたのね……何て言ったの？……どこの生まれですって？……聞こえなかったわ……いくつなの？……何にも聞こえやしない！……」

彼女の髪は色の薄い、ふんわりしたブロンドだった。黒衣姿だった。

一人の女が小声で言った。「あの人凄く素敵じゃない」そして劇場にいるように嬉し気に溜息を洩らした。

立ち見の公衆には起訴文がよく聞こえなかった。一面に被告人の顔と犯罪話が載っている朝刊紙が手から手に渡った。

女の名はグラディス・アイゼナハ。二十歳の恋人、ベルナール・マルタンを殺害して起訴されていた。

裁判長が尋問を始めた。

「生地はどちらですか？」

「サンタ・パロマです」

「ブラジルとウルグアイが接する所にある村です」裁判長が陪審員たちに言った。

「結婚前の名前は?」

「グラディス・ブルネラです」

「ここではあなたの過去については語りません……あなたが幼年時代、思春期を遠い国々を旅しながら過ごしたことは分かっています。多くの国で社会の大混乱があり、形式通り調べることは不可能です。幼少期に関することは主としてあなた自身の供述に待つ他ありません。予審で、あなたは自分がモンテヴィデオ(訳注:南米ウルグアイの首都。ウルグアイ最大の貿易港を有する)の船主の娘で、母親のソフィ・ブルネラは結婚の二か月後にあなたの父親と別れ、あなたは父親から離れた所で生まれ、父親を全く知らなかったと供述しましたね。その通りですか?」

「その通りです」

「あなたは幼少時代を数々の旅の中で過ごした。あなたの国の習慣に従って、ほとんど子どものまま結婚した。金融資本家のリチャード・アイゼナハと結婚しましたね。一九一二年に夫を失くした。あなたは絶えず揺れ動く国際社会に属している。どこにも係累も家庭もありません。夫が死んでからの滞在地に、あなたは南アメリカ、北アメリカ、ポーランド、イタリア、スペインを上げましたね。その他にも……その上、一九三〇年に売却したご自分のヨットで数々の周航も。あなたは極めて裕福です。一部はあなたの母親から、一方では亡くなった夫君から得た財産ですね。戦前、フランスで何度も暮らしている。一九二八年以降、こちらに腰を据えましたね。一九一四年から一五年まではアンチーブ（訳注：南仏ニースとカンヌの間に位置する都市）の近郊に住んでいた。この日付と場所は、あなたに悲しい記憶を蘇《よみがえ》らせるはずです。一九一五年、その地であなたのただ一人の娘さんが亡くなりましたね。この不幸の後、あなたの人生はより気まぐれに、よりとりとめがなくなった……すぐに切れる数知れぬ男関係、色恋沙汰に都合のいい戦後の雰囲気の中で……ようやく、一九三〇年、共通の友人の家でアルド・モンティ伯爵と知り合った。非常に由緒あるイタリアの家系です。この人があなたに結婚を申し込み、結婚が決まった、そうではありませんか？」

「はい」グラディス・アイゼナハは小さな声で言った。

「あなた方の婚約はほぼ公式なものでした。あなたは唐突にそれを破棄しました。何が理由だったのです？……答えたくありませんか？……たぶん自由で気ままな生活、自由の特典の全てを捨てたくなかったのでしょう。あなたの婚約者はあなたの恋人になった。その通りですか？」

「その通りです」

「一九三〇年から一九三四年の十月までいかなる愛人関係も認められません。四年の間、あなたはモンティ伯爵に忠実でした。偶然、あなたの途上にあなたの犠牲となるべき人間が現れました。それが二十歳の若者、ベルナール・マルタンです。最下層の出で、かつての給仕長の婚外子です。あなたの誇りを傷つけるこうした事情は、何ら疑いなく、全て真実めいているにも拘らず、あなたが犠牲者との関係をずっと否定した理由でした。パリの文学部の学生、フォセ－サン－ジャック通り6番の住人、二十歳のベルナール・マルタンがなんとあなたを誘惑することができた。上流社会の、大変な美貌の、裕福で、もてはやされるあなたをです。答えなさい……あなたは実に不可思議にも、実に破廉恥にも、いともやすやすと彼に身を任せてしまった、彼を堕落させ、金をくれてやり、最後に殺してしまいました。あなたが今日、回答するのはその罪についてです」

被告人は震える両手を互いにゆっくり握り締め、指を青白い肌に食い込ませた。色の失せた唇をやっと半分開いたが、一つの言葉も、一つの声音《こわね》も発さなかった。

裁判長は改めて要求した。

「陪審員諸氏に、どんなふうに彼と出会ったか話しなさい……答えたくないのですか？……」

「或る晩、彼は私に着いてきました」ようやく彼女は小さな声で言った。「去年の秋……私……私、日にちは思い出せません。ええ、覚えていないんです」

彼女は取り乱し、何度も繰り返した。

「予審では十月十二日ということでしたが」

「そうかも知れません。もう思い出せなくて……」

「彼はあなたに……言い寄ったのですか？……さあ、答えて。自白が辛いことは理解しますが……同じ夜、あなたは彼に着いて行った」

彼女は弱々しく叫んだ。

「いいえ！　いいえ！……それは違います……聞いてください……」

彼女は誰にも聞き取れないこもった言葉をいくつか発してから、黙り込んだ。

「話しなさい」裁判長が言った。

被告人はもう一度陪審員と、貪《むさぼ》るように自分を見つめている傍聴人の方に振り返った。疲れ、絶望した身振りをして、やっと呟いた。

「何も言うことはありません……」

「それでは……私の質問に答えなさい、被告人。その晩、あなたは彼の話を聞き入れなかった、と言うのですね？……その翌日、十月十三日、調べによって、あなたはフォセーサンージャック通りの彼の家に行ったことが判明しました。その通りですか？」

「そうです」

彼女が答える間に頬に上った血が、ゆっくりと引いた。彼女は身を震わせ、蒼ざめたままだった。

「ではあなたは普段そんなふうに街中で近づいて来た青年たちのいいなりになるのですか？……それともあなたはその少年に特別に魅《ひ》かれたのですか？……答えたくない？……あ

なたはご自分の私生活のベールを引き裂いてしまいました。重罪裁判の法廷たるこの公《おおやけ》の場では、全てが白日の下に曝《さら》されなければなりません……」

「はい」彼女は疲れ果てたように言った。

「では彼の家に行ったのですね？　で、それから？……彼とまた会ったのですか？」

「はい」

「何回ですか？」

「覚えていません」

「あなたは彼が好きでしたか？……彼を愛していましたか？」

「いいえ」

「それでは、何故彼に身を任せたのです？……悪習から？……恐れから？……脅されるのが怖かったのですか？……彼が死んだ時、彼の家であなたの手紙は一通たりと見つからなかった。彼に頻繁に手紙を書きましたか？」

「いいえ」

「彼が秘密を漏らすことを恐れたのですか？……モンティ伯爵にこの不品行、恥ずべき情事を知られるのが怖かったのですか？　そうなのですか？……ベルナール・マルタンはあなたを愛していましたか？……それとも欲得づくであなたを追いかけたのですか？　分からないのですか？……それでは、お金の話をしましょう。犠牲者の思い出を汚さないために、あなたはこの状況を明かさなかった。調べでたまたまそれが明るみに出ただけです。短い関係の間、あなたはベルナール・マルタンにいくら金を与えましたか？……正確に一九三四年十月十三日から同じ年の十二月二十四日まで関係は続き、不幸な青年は一九三四年のクリスマスイヴに殺害されました。この二か月の間に、彼はあなたからどれだけの金額を受け取ったのです？」

「私は彼にお金を与えていません」

「いや。一九三四年十一月十五日付けであなたがサインした彼名義の五千フランの小切手が見つかっています。その金は翌日現金化されています。どう使われたかは分かりませんが。さらに彼に金を与えましたか？」

「いいえ」

「同じように五千フランの他の小切手も見つかっているんです……その辺が相場のようですが……こちらは一切現金化されていません」

「はい」被告人は呟いた。

「さあ、犯罪について話しなさい……いいですか？　言うは行うより易しでしょう。あの晩、昨年のクリスマスイヴ、あなたは八時半にモンティ伯爵と屋敷を出ました。レストラン、シェ・シロで彼と食事をしましたね。共通の友人のペルシエ夫妻、現職の大臣、アンリ・ペルシエとその夫人と一緒に夜会を終えましたね。四人揃ってナイトクラブへ踊りに行き、朝の三時までそこにいた。その通りですか?」

「はい」

「あなたはモンティ伯爵と帰宅し、伯爵はあなたの邸宅のすぐ近くであなたと別れた。あなたは予審で、車があなたの住いの前で停まった時、大門の戸口に隠れていたベルナール・マルタンが目に入ったと言いましたね。そういうことですね?……その晩彼に会うことにしていたのですか?」

「いいえ。しばらく、彼に会っていませんでした……」

「正確にどのくらいの間ですか?」

「十日ほど」

「何故です? 別れると決めていたのですか? 答えないのですか? その十二月の朝、通りで彼が目に入った時、彼はあなたに何を言ったのです?」

「中に入りたがりました」

「それから?」

「私は拒みました。彼は酔っていました。見て分かったんです。私は怖くなりました。私が門を開けた時、彼が着いて来るのが分かりました。彼は私の後から部屋に入りました」

「彼はあなたに何を言ったのですか?」

「全てをぶちまけると私を脅しました……私が愛したアルド・モンティに……」

「風変わりなやり方でモンティ氏に愛を表明しましたね！」

「私はモンティ氏を愛していました」彼女は繰り返した。

「それから？」

「私は怖くなりました。彼に懇願しました。彼は私を嘲笑《あざわら》い、はねつけました……その時、電話が鳴りました。そんな時間に私に電話できるのは、するはずなのはアルド・モンティだけです……ベルナール・マルタンは受話器を掴みました……答えようとしたんです。私は寝台の脇にあるナイトテーブルの引き出しの中から拳銃を取り出しました。私は引き金を引きました……もう自分のやっていることが分かりませんでした」

「本当ですか？……それは全ての殺人者が必ず使う言葉ですが」

「でもそれは本当です」グラディス・アイゼナハは小さな声で言った。

「認めましょう。我に返った時、何が起こっていました？」

「彼は死んで私の前に横たわっていました。生き返らせようとしましたが、何をやっても無駄だとはっきり分かりました」

「で、それから？」

「それから……メイドが警官を呼びました。それだけです」

「本当ですか？　警官たちが着いて、犯罪が見つかった時、どうです、あなたは正直に自白しましたか？」

「いいえ」

「あなたはどう言ったのです?」

「こう言いました」グラディス・アイゼナハは押し殺した声で答えた。

「戻って隣の化粧室で服を脱いでいると物音が聞えて、ドアを開くと知らない人間が目に入った、と」

「その人間があなたの宝石、あなたが外して化粧台の上に置いていた宝石を奪ったと、そう言ったのではありませんか?」

「はい、そうです」

「その嘘は真実に聞こえたかも知れません」

裁判長は陪審員たちに振り向いて言った。

「とにかく被告人の資産、社会的地位なら容易く嫌疑を免《まぬが》れます……彼女にとって不幸なことに、捜査官が着いた時、被告人はまだ白テンのコート、イヴニングドレス、全ての宝石を身に着けていたのです……翌日から予審判事は巧みに彼女を尋問しました。私はこの供述をこの種の模範と呼ぶことをためらいません。実に見事です、残酷であることは、否定しません、だが実に見事です……この女性は動揺のあまり、俗に言うように、自分でしかけた罠にはまり、訳が分からなくなり、嘘をつき、前言を覆《くつがえ》します。彼女はいかにも真摯に、ベルナール・マルタンは恋人ではなかったと誓います。あらゆる真実味、あらゆる道理に逆らってそう断言します。彼女は泣き、懇願し、結局は自白するのです。予審判事は緻密で巧妙な分析に基づいて、彼女を質問攻めにし、最後に、悲しいかな、ありふれた彼女の情事を復元してみせたのです……この老いつつある女性は、若者の若さ、見ず知らずの人間や冒険の刺激的な味、もしかしたら恋人の貧しい状況にさえ惹きつけられた……誰が知るでしょう？……おそらく同じ身分の男との恋に疲れていた彼女……彼女は彼に身を任せ、自分を取り戻そうとした。金満女性の傲慢さで、金をやったから、恋人はこの施しに満足し、自分の人生から消える、と思って……だが酒場で会う娘か貧しい娼婦しか知らなかった少年には、彼女の美しさ、魅力は忘れがたい……彼は彼女を追いかけ、脅す……彼女は恐怖に駆られ、殺す……この供述には本当に心を動かされます。判事の一つ一つの質問に先ず女性は抵抗を試み、それから自白し、答えます――はい、はい……この言葉が絶えず繰り返されます。彼女は何も説明しません。彼女は恥じています。陪審員諸君、この通り、彼女は恥ずかしさのあまり気を失いかけている！　だが彼女の犯罪の筋道、彼女に関する物語は、彼女が自己弁護できぬほど真実であり、明快であり、理に叶っています。「はい」、彼女はさらに言います。最後の非常に重要な質問――計画的に殺したのか？　にも「はい」と。それから回答の重大さが分かって前言を取り消します。彼女は逆上して殺したと主張します……しかし、被告人、あなたは武器など持たず全人生を送ってきた、ところがベルナール・マルタンを知って三週間足らずで、あなたは武器の販売店に行き、それ以来拳銃を手放していない。その通りですね？」

「ベッドの脇の引き出しの中にありました」

「どうして買ったのです？」

「分かりません……」

「変わった答えですね……さあ、本当のことを言うのです！　あなたはベルナール・マルタンを殺そうと思っていたのですか？」

「誓ってそうではありません」彼女は声を震わせて言った。

「それじゃあいったい誰に対して使うつもりで？……あなた自身？……あなたを嫉妬させていたと言われるモンティ伯爵？　恋敵？」

「いいえ、いいえ」被告人は両手で顔を隠しながら呟いた。

「もう尋問しないで、私、もう何も言いません……私、全て自白しました、望まれる全てを！……」

「まあ、よろしい！　証人尋問に取りかかりましょう。ユイシエ、最初の証人を通しなさい」

女が入った。浅黒い顔に涙が流れていた。被告人席から判事たちの赤い法服に目を向けた。怯えたその目が光って見えた。外では雨がしとしと降り、単調な雨音が聞こえた。退屈した新聞記者の一人が目の前に広げた紙切れに小説の言葉をなぐり書きした――〝風でセーヌ沿いの金のプラタナスが長い呻《うめ》き声を上げた〟

「あなたの氏名を……」

「ラリヴィエール、フローラ、アデルです」

「年齢は？」

「三十二歳です」

「職業は？」

「マダム・アイゼナハのメイド頭です」

「あなたは宣誓できません。私の自由裁量権であなたを尋問します。被告人に仕え始めたのはいつですか？」

「一月十九日で七年になります」

「犯罪についてあなたが知っていることを話してください。あなたのご主人はその晩モンティ伯爵と連れ立ってイヴを祝いましたね？」

「そうです、裁判長様」

「彼女はあなたに何時に帰ると言いましたか？」

「かなり遅くなるとおっしゃいました。待たないようにと」

「そういうことは時折あるのですか？……それとも普段あなたは彼女を待っていたのですか？」

「一月前から私は病気にかかっていて、まだひどく疲れを感じていました。マダムは大方のご主人とは違って、使用人をいたわってくださいました。大変ご親切に〝フローラ、あなた、疲れ過ぎるわ。遅くまで起きていてはだめ。着替えは一人でするから〟とおっしゃってくださいました」

「その晩、彼女は普段通りに見えましたか？　いらいらしたり、興奮したりしていませんでしたか？」

「ただ悲しそうで……この方はしょっちゅう悲しそうでした。私はこの方が泣いているのを何度も見ました」

「あなたは涙の理由が分かると思っていますか？」

「この方は伯爵のことで嫉妬されていました」

「その晩の話に戻りなさい」

「マダムはお出かけになり、私は床に就きました。私の部屋は二階で、マダムの部屋とは廊下で隔てられています。電話の音で私は目を覚ましました。カーテンの隙間から朝の光が洩れていたのを覚えています。明け方の四時か五時だったと思います。時折、マダムが戻られた時、伯爵はこんなふうに電話されることがありました。きっとマダムにしてみれば、ご自分と別れた後、伯爵が直接帰宅されたことを確かめたかったんです。実際、しょっちゅう、この方の方からも、もう一度声を聞くという口実をつけて、直ぐに伯爵に電話されていました。電話が鳴るのを聞いたのですが、誰も反応しませんでした。私は不安になりました。嫌な予感がしたんです。私は起き上がって、廊下に出ました。私は聞き耳を立てました。ご主人と男の声、それにほとんど直ぐに銃声が聞こえました」

「続きを話しなさい」

「私は恐ろしくて気が変になりました。寝室の方に駆けつけましたが、そこで……何故だか分かりませんが、部屋に入る勇気がなくて……戸口で耳を澄ませました。もう音も、ため息も、何も聞こえませんでした……扉を開けて、入りました。決して忘れません……マダムがベッドの上に坐っていらっしゃいました。まだ白テンの大きなケープも、イヴニングドレスも、宝石も全部身に着けて。化粧台の上の小さな電球に照らされていました。泣いてはいらっしゃいませんでした。蒼ざめ、怯えきった顔をされて。私はお声をかけ、腕を引っ張り、叫びました――〝マダム!……マダム!……〟と。何も聞こえていないようでした。やっと私を見て、おっしゃいました――〝フローラ、私、彼を殺してしまったわ……〟この時、最初に心に浮かんだのは、この方は恋人を殺してしまった……伯爵様と喧嘩して、錯乱のあまり引き金を引いてしまった、という思いでした。私はあたりを見回しました。ひどく動転していましたし、部屋はほとんど明かりが着いていなかったので、最初は床に黒い塊しか見えませんでした。寄木貼りの床に誰かが衣類をまとめて投げ捨てたようでした。明かりを着けると、床の片隅に転がり落ちた電話が見えて、その傍らに拳銃がありました。それから横たわった男に気づいたんです……ああ、私は身を屈め、自分の目が信じられませんでした。それは伯爵様ではなく、見たこともない青年だったのです……」

「ご主人の住いでも、よその場所でも被害者には一度も会ったことがなかったのですか？」

「一度もありません、裁判長様」

「被告人はあなたの前で一度もその名前を発したことがなかったのですか？」

「一度もありません、裁判長様、その名前は絶対に聞いていません」

「不幸な若者の死体を発見した時、あなたはどうしましたか？」

「もしかしたらまだ息があると思って、マダムにそう申し上げました。この方は起き上がって私の隣で跪《ひざまず》かれました。この方はあの……ベルナール・マルタンの頭を持ち上げて、そのまましばらく両手で抱えていらっしゃいました。ものも言わず、身じろぎもせずにそれを見つめていらっしゃいました。実際どうしようもありませんでしたけれど。彼の口元にちょっと血が流れていました。とても若く、栄養が悪そうでした。痩せて頬はこけ、服はずっと外にいたように濡れていました……あの晩は雨が降っていました……私は〝どうしようもありません、この人は死んでいます〟と申しましたが、マダムは何もお答えになりませんでした……飽くことなく彼を見つめていらっしゃるようでした……小さなバッグを手にされましたが……ベルナール・マルタンから目を離されませんでした……バッグからハンカチを取り出して……死人の口元、口から流れている血と泡を拭き取られました。深々とため息をつき、目を覚ましたように私を見つめられました……最後にこの方は立ち上がって私におっしゃいました――〝フローラ、すまないけれど、警察に知らせて……〟その親しい口調……それが……それが私をどんな気持ちにさせたか、私は言えません。マダムはもうご自分には誰一人いないことが分かって、私をちょっと友だちのように思われたのかも知れませんが……

こう申し上げたのは私です――〝これは強盗です、そうではありませんか？……〟」

「証人、あなたは本当にそう思ったのですか？」

「いいえ、そう思った訳ではありません……私は真実を語らなければなりませんね？……でも私には誰にでもとてもお優しく、とても親切なマダムが理由もなくこんなふうに人を殺せるとは思えなかったのです……私は男がこの方を苦しめたに違いなく、この方を脅したゆすりやだと思いました」

「ご主人へのそうした愛情はあなたの誉《ほまれ》となります。しかしながら、被告人に子どもじみて、事態を悪化させるだけの嘘を勧めることはなかったはずです。被告人は何と答えましたか？」

「何も。この方は部屋から出て行かれました……廊下を何歩か歩いて……今みたいに両手をねじって……それから私の部屋に入って、私のベッドに身を投げられました。警察が着くまでもう身動きされませんでした。寒かったですね……この方の脚に毛布を掛けてさしあげたくなりました。眠られたことが私には分かりました。警官が到着した時やっと目を覚まされました。それが全てです」

「陪審員諸君、次席検事、証人に質問はありますか?」

次席検事が尋ねた。

「マドモアゼル・ラリヴィエール、あなたはご自身にとって最高の名誉となる忠誠心を込めて、被告人を優しく、親切で、使用人から愛される女性として描こうとされました。私はそれを否定するものではありません。しかしあなたはあえて彼女の品行に触れませんでしたね。ここではその形跡が判明した関係、まず一九一六年に戦死した若いイギリス人、ジョージ・カニングとの関係、そして被告人が長い不在の後パリに戻った一九二五年に知り合ったハーバート・レーシーとの関係も語ることはしません。それに先立つ関係も全て省きましょう。しかしあなたは一九二八年以来被告人に仕えていますね。彼女の恋人は誰も知らなかったのですか?」

「モンティ伯爵様です」

「それは世間周知の人です。ですがモンティ伯爵の他には?」

「モンティ伯爵と知り合われてからは誰も。そうだと思います……」

「言い切れますか?」

「分かりません……」

「先に進みましょう……モンティ伯爵以前にご主人には人生で誰もいなかったと断言でき

ますか？」

「この方は私に打ち明け話をなさいませんでした」

「分かります。しかし、あなたは友人に、あなたの言葉通り引用しますが、マダムは伯爵によほどぞっこんに違いない、男を追うのをやめたんだから、と言ったのではありませんか？　あなたはそう言いましたね？」

「はい、それはつまり……」

「そう言いましたね？　そうですか、そうではないのですか？」

「はい、奥様には伯爵以前複数の恋人がいらっしゃいました。でもこの方はとても自由でした、未亡人でお子様もなく」

「そうかもしれません。とはいえ、ここで弁護人は被告人を非の打ちどころのない女性、ごろつきの毒牙にかかった女性にしてはならないのです。私は明らかにしたいと思います。陪審員諸君は理解されるでしょうが、こうした遊びはグラディス・アイゼナハにとって初めてではなかった。あの少年、ベルナール・マルタンが殺人を犯すほど彼女を恐れさせ、狂乱させ得たのは異様とも思われます。被告人は自らを被害者としています。ベルナール・マルタンが二重にこの女性の犠牲者ではないと、どうして我々に分かるでしょう？　陪審員諸君、なにやらジゴロ、低級なひもにされ、この場で卑しめようとされているベルナール・マルタンは賢く勤勉な若者でした。彼に関して下劣な推測を可能にするものは何もありません！

文学士号の準備をしていた犠牲者はカルチェラタンで最も質素な生活を送り、三等級のホテルの小部屋に住んでいました。死んだ時、彼の部屋には四百フランしかありませんでした。質素な衣類ばかりで、宝石などありませんでした。私はあなた方に問いますが、金持ちの女に可愛がられ、常習的に恐喝するジゴロの暮らしがそんなものでしょうか？　陪審員諸君、その青年を堕落させ、そして殺すために罠にはめたのが美貌、財産、社交界の名声に恵まれたこの女性、諸君が目《ま》の当たりにしているこの女性ではないとどうして分かるのです？　こうした上流社会の遊び女は美しく、世間知に長けているが故に、誰よりも恐るべき存在になり得るのです！　こうした者たちを讃美し、金で買える女たちを軽蔑する偽善の仮面を脱ぎ捨てようではありませんか！　私に言わせればグラディス・アイゼナハのような女たちには、自分の恋人の魂と生命が必要なのです！……被告人はモンティ伯爵を欺《あざむ》きました！　彼女はこの紳士の思いを弄《もてあそ》びました。なにしろ見ず知らずの若者と一緒になって平気で彼を裏切ったのですから……彼女はベルナール・マルタンを夢中にさせて楽しみました。しかし遊びは危険になりました。彼女は拳銃を買い、冷酷に、容赦なくこの青年を射殺しました。彼女がいなければ勤勉な人生を送ることができ、幸福で同胞にとって有益な男になり得た青年をです！」

「マドモアゼル・ラリヴィエール」弁護士が言った――「一言、お願いします。あなたのご主人、この人はモンティ伯爵を愛していましたか？　女性の感覚で答えてください」

「この方は伯爵を熱愛されていました」

「感謝します、マドモアゼル。その言葉一つが次席検事のお見事な雄弁への答えとなりますよう。へりくだった言葉です、しかし非常に正しい。彼女は自分の恋人を熱愛していました。愛しぬき、嫉妬する彼女は錯乱の中で、今度は自分の方から、移り気な恋人の嫉妬をかき立てようとしたのでは？　自分につきまとう青年に身を任せたのでは？……それから後悔し、逆上の瞬間に殺してしまうほどスキャンダルを恐れたのでは？　彼女は一生その報いを受けますが……この女性が罪を犯したこと、確かに犯人であることは否定しません、しかし魅力的で優しいこの女性を何やら得体の知れぬ女吸血鬼、映画の妖婦に変えようとするより、この方が余程すっきりして、人間的で、理に叶っているとは思えないでしょうか？……」

裁判長は証人を立ち去らせた。被告人は死ぬほど疲れているように見えた。時折、その表情には悲痛な懊悩《おうのう》だけが浮かんだ。去り際に、メイドが励まそうとするようにおずおずと微笑みかけると、被告人は泣き出した。青白い頬を涙が伝った。彼女は手の裏でそれを拭い、それから目を伏せ、もう身動きしなかった。

外では雨が降り続いていた。空が暗くなり、電灯が灯された。被告人の顔はその黄色い明かりの下で、悲劇的で、突然、年を失くしたように見えた。表情は動かず、命が美しく、深く、取りつかれたような眼の中に隠れたようだった。

「ユイシエ、次の証人を入れなさい」裁判長が言った。

ひどく蒸し暑かった。法廷の床に坐った若い弁護士たちが黒い敷物のように見えた。

「あなたのご氏名は？」裁判長が証人に尋ねた。

「アルド・ドゥ・フィエスキ、モンティ伯です」

四十絡みで、非常に長身、髭を剃った美しく整った顔、厳しい口元、長い睫毛《まつげ》、薄い灰色の目をしていた。

室内で、ある男が女の耳に身を寄せて言った。

「気の毒にアルド……犯罪の翌日彼が私に何と言ったか分かるか？　動転して、尊大さも、冷静さも失って……〝ああ！　何で彼女は私を殺してくれなかったんだ？……〟と。こんな恥辱を曝して……彼はこれを決して許さんぞ……」

「あなたに何が分かるの？……男ってほんとにおかしいわ……彼女があんな若造のマルタンと寝たのは、多分、あの人を嫉妬させるためよ。モンティに何も知られないために殺したなんて……彼、悪い気はしてないわ……」

「それが弁護士の主張だな……」

その間、裁判長が尋ねた。

「犯罪に先立つ晩、あなたは被告人と一緒に過ごしましたか？」

「はい、裁判長殿」

「あなたは一九三〇年に被告人を知ったのですね？」

「その通りです」

「あなたは彼女との結婚を望みましたか？」

「はい、裁判長殿」

「グラディス・アイゼナハは当初結婚に同意したのですね？　それから彼女は考えを変えた、そうではありませんか？」

「彼女は考えを変えました」

「いかなる理由で？」

「マダム・アイゼナハは自分の自由を放棄することを躊躇したのです」

「それ以外の動機は伝えませんでしたか？」

「いや、それしか聞いていません」

「あなたは改めて求婚したのですか？」

「何度も」

「その都度拒否されたのですか？」

「その通りです」

「ここ最近、あなたは被告人の生活の中で密かな恋人の存在を感じましたか？……競争相手の心配をされましたか？」

「いや、心配しませんでした……」

「犯罪に先立つ、最後に一緒に過ごした夜会の話をしてください」

「マダム・アイゼナハの家に八時半頃迎えに行きました。彼女は普段通りで、興奮してもいませんでしたし、悲し気でもありませんでした。私たちはシェ・シロで晩餐を摂りました。共通の友人のペルシエ夫妻と一緒にシェ・フロランスで夜会を終えて……明け方三時頃に帰宅しました。その晩私の車は修理に出していたので、マダム・アイゼナハの車を使いました……それから彼女を門まで送って、私は自宅に帰りました」

「彼女が家に入るのを見ましたか?」

「当然邸《やしき》の門を開けるために下りる準備をしましたが、私は一日中気分が悪くて……アスピリンで紛らわしていました……ところが車の中で悪寒《おかん》がして……マダム・アイゼナハは心配して、絶対に車を下りないように私に懇願しました。あの晩は冷えて……雨が降り、ひどい強風が吹いていたのを覚えています……とはいえ、彼女の心配には笑っただけでした。戦争で苦痛やら何やらは、大事《おおごと》とは思わず耐えることに慣れていましたから。二人の間で冗談交じりに一種軽い諍《いさか》いさえ起こりました……私はドアを開けて降りようとしましたが、マダム・アイゼナハはさえぎりました。彼女は手を握り、私から身をかわし、鋪道に飛び降りました。彼女は運転手に叫びました――〝伯爵をお送りして……〟手に接吻する暇《いとま》こそありませんでしたが、車は出ました」

「彼女は自分を待っていたベルナール・マルタンに気づいていましたね、おそらく……」

「おそらく」モンティ伯爵はそっけなく言った。

「翌日までもうマダム・アイゼナハから知らせはなかったのですね？」

「戻ると、二人の間で決めていた通り、私は彼女に電話しました。誰も出ませんでした。マダム・アイゼナハはもう眠ったのだと思いました。メイドのフローラに起こされた時は六時を少し過ぎていました。彼女は恐ろしいことを告げました。不幸が起こったので、一刻も逃さず大急ぎで来てほしいと言いました。私の不安がどれほどのものだったか、お考えに任せます……私は急いで服を着て家の外に飛び出しました。マダム・アイゼナハの家に着いた時にはもう警察に通報されていました。家には人が大勢いて、被害者の死体は既に冷たくなっているのが分かりました」

「被害者とは一度も会ったことがなかったのですか？」

「一度もありません」

「当然彼の名前も知らなかったのですか？」

「全く知りませんでした」

「陪審員諸君、証人に質問はありますか？　次席検事は？　弁護人は？……」

弁護士が尋ねた。

「ムッシュ、聞くところによれば、被告人は彼女の友人の一人に対するあなたのご執心に嫉妬する様子を見せていたそうですが、その通りなのですか？……その問題で彼女が苦言を呈したことは一度もありませんか?」

「覚えがありません」モンティは言った。

「記憶を辿っていただけませんか?」

「マダム・アイゼナハは」やっと証人は言った。「最近、確かに嫉妬し、苛立っている様子でした、少なくとも……」

弁護士が得意を隠し切れない口調で言った。

「そう、ベルナール・マルタンと出会うしばらく前はですね?……それなら私が先ほど陪審員諸氏に描き出そうとした人物と一致するのではありませんか?——熱愛する人に裏切られ、ないがしろにされて、見ず知らずの者に哀れな慰め、愛のかけらを求めた、孤独で、理解されないこの女性と……」

「彼女が私の愛情を欠くことは絶対にありませんでした」

証人席の手摺を大きく繊細な手でキリキリともみ始めたモンティが言った。

「絶対に?……本当ですか?……」

「私はマダム・アイゼナハに最も強い愛情を抱いていました」

モンティは語った。

「私の最大の願望は彼女と結婚し、家庭を築くことでした……彼女はそれを望まなかった……だから時折、弁護人が非難したいご様子の、ごく罪のない気晴らしを私がすることがあっても恨まれることはありますまい！……」

「確かに」裁判長は被告人の方を向いて言った。

「あなたがきちんとした生活をするのはひとえにあなたにかかっていました。だがおそらくあなたは愛の中にある危険と冒険の刺激的な味の方を好んだのでは？」

彼女は何も答えなかった。目に見えて震えていた。弁護士はモンティに向かって続けた。

「ムッシュ、こういうことはあり得ませんか？　あなた、この不幸な女性が愛したあなたは、かくして哀れな恋するひ弱な女性を、狂って堕落した女にしてしまう伝説に信憑性《しんぴょうせい》を与えたとは……しかし、あなた以上に彼女に寛大にならねばならない人間がいたでしょうか？……もし彼女があなたの中に真摯な愛情を感じていたら、それが彼女を救ったかも知れないのでは？……」

弁護士は知らず知らず有名な美声を張り上げて言った。

「ああ、ムッシュ、あなたは私に非常に辛いことではありますが、事実を明らかにすることを強いるでしょう……遺憾です、しかし……さあ、ぶしつけに申しますがお許し願いたい……モンティ伯爵、あなたがマダム・アイゼナハと出会った頃、あなたの金銭問題は困難な道にさしかかってはいませんでしたか？」

記者席では新聞記者たちが速記した。

〝激しい混乱。裁判長は審理を中断する。再開して証人は言明した……〟

「金銭より所有地に富む我が一族が、占めている地位と釣り合う収入を得た験《ため》しは決してありません。それは事実です。しかしながら、私はイタリアでもパリでも、借財をしたの、法外な生活をしたのと偽りなく自分を非難できる者がいるとは思いません。マダム・アイゼナハの多大な財産は、私の目には、彼女の魅力と人としての美点ほどの重みを持ちませんでした。私はその財産を我々の結婚の障害とも思いませんでした。とにかく私はひとたび結婚したら、適正かつ輝かしいやり方で身を立てることを望んでいたのです。私は婚約者に、そもそもさしたることのない我が貧困を忘れさせ得る家名を差し出しました……悲しいかな、ローマ貴族の家では普通誰も驚かない金銭上の困難で私が非難されるとは心外です……」

「法廷は証人の完璧な論駁《ろんばく》の前に頭を下げます。ムッシュ、退廷してください。ユイシエ、次の証人を」

非常に美しい女性が証人席に姿を現した。狐の毛皮をまとい、小柄で、白い肌、鋭利な顔立ちをして、黒く短いヴェールが目の前で翻《ひるがえ》っていた。彼女は宣誓するためにゆっくりと黒い長手袋を脱いだ。

「あなたのご氏名を」

「ジャニーヌ、マリー、スザンヌ・ペルシエです」

「お年は?」

「二十五歳です……」

「住まいは?」

「フザンドリー街8です」

「職業は?」

「無職です」

「マダム、事件に先立つ会食の第四の同席者として、また被告人の親しい友人として証人喚問しますが?」

「グラディス・アイゼナハは本当に、私にとって、素晴らしい友人でした。私はとてもこの方が好きでした。今でも私はこの方に深い同情と、当然ですが、限りない哀傷の思いを感じています……」

彼女は微笑みながら被告人の方に振り返った。自分の好意を知った被告人が微笑みを返すのを促すように。グラディス・アイゼナハは努めて顔を真っ直ぐに掲げ、じっと証人を見つめた。唇にちょっと苦い皺が寄った。一瞬二人の女が睨《にら》み合った。それから被告人は寒そうにコートの襟を立て、顔を隠した。

「あなたは友人の愛情生活をよくご存知でしたか?」

「ああ、裁判長様、あなたは女同志の友情がどんなものかご存知でしょうか?……おしゃべりして……仕立て屋を教え合って、一緒に出かけて、でも打ち明け話はめったにしません。勿論、人並みに、グラディスとモンティ伯爵の関係は知っていました。でもモンティ伯爵の他は、何も言えません、少なくとも、詳しくは……」

「あなたの友人がいかなる理由でモンティ伯爵の結婚の申し込みをずっと頑強に拒否してきたかはご存知ですか？」

ジャニーヌ・ペルシエはちょっと肩をすくめながら言った。

「この方にとって限りなく大切なはずの自由を守りたかったのだと思います。もしこの方の生活習慣から判断できるなら」

「詳しく話していただけますか？　マダム」

「悪口は言いたくありません……神はお禁じになります……世間の評判を繰り返すしかありませんが……グラディスは極端に浮気な性質《たち》でした……戯れの恋、讃美の言葉しか好みませんでした、でもそれは罪ではありませんね……」

「その通りです、そこに留まる限り……」

「主人と私はモンティ伯爵にとても誠実な友情を抱いていました。私たちは、私の貧しい意見では二人とも不幸にしてしまう結婚に対してしょっちゅうあの方に警告していました……」

「それでも、二人の関係は幸せなものだったのでは？」

「少なくともそう見えましたが……でも気の毒なグラディスは常軌を逸して、痛ましいほど嫉妬深かったのです。それに激情的でもありました。とても穏やかな外見の陰で……恐ろしい犯罪を知った時、私は驚きませんでした……私にはいつもグラディスが自分の中に悲劇を隠し持っているように見えました。この方は……不可解でした……理不尽な要求ばかりして……悲しいことに、もう時代遅れの忠誠を男に求めて！　自分の美貌なら当然とばかりに献身を期待して、でもあの年で……そうした全てを、この方は分かろうとしませんでした……恋人の情熱が冷めて、なるほど愛情はしっかり持ち続けているけれど、おそらくは寛大、寛容の時になったことを絶対認めようとしませんでした……一方で自分自身の愛情生活は熱烈でしたから、そうした全てが性格に影響して、この方を陰気に、怒りっぽくしていました……」

「事件に先立つ、悲劇で終わったイヴの晩餐の話をしていただけませんか？」

「夫と私はシェ・シロで夕食を摂っていました。そこでグラディスとモンティ伯爵に再会したんです……最後にシェ・フロランスに行こうと意見がまとまりました。それ以降はお話しすることもありませんでした。シャンパン、ダンス、早朝の帰宅。それが全てです」

「被告人は苛立って、興奮している様子でしたか？」

「その晩、私には極度に苛立って、ひどく興奮しているように見えました、裁判長様。モンティ氏が時折全く下心もなく女たちに目を向ける度に、隣の人間に当たり障りのない言葉に向ける度に、哀れな女性は蒼ざめて身を震わせました……確かに哀れを誘いました……私はこの方を安心させたかったのですが……でもどうやって？　別れ際に本当に心を込めてこの方を抱きしめたのを覚えています。私の同情をこの方が分かってくださることを望みます。今は率直に愛情を示す行為を止めなかったことを幸いに思います。あれからこの不幸な方が耐えなければならなかった全てを思うと……」

「被告人の家でベルナール・マルタンに会ったことは一度もありませんでしたか？」

「一度もありません、裁判長様」

「他に同じような関係は知っていましたか？　直接被告人本人からであれ、第三者からであれ……言いづらいですか？　真実を語らなければならないことを忘れないで」

「本当に」ジャニーヌ・ペルシエは長手袋を神経質に絞りながら言った。

「何を言えばいいのか……」

「ただ一つ、真実をです。私から質問した方がいいですか？　あなたは予審でこれには驚かなかった、起こるべくして起こった、マダム・アイゼナハは遅かれ早かれ、いかさま師の餌食になる定めだったと言いましたね。私はあなたの言葉通り語っていますよ」

「私が予審でそう言ったなら、それが本当だからで……」

「マダム、詳しく話していただきたい。あなたは裁きを照らすためにここにいるのですぞ」

「そんなふうに話しながら、私には一つ頭に浮かんでいることがありました。打ち明けますが、不幸な女性が過ちで足しげく訪れたバルザック街の館のことです」

「売春宿と言いたいのですか？」

「そうです。たとえそれが不可思議で異常であっても、法廷で、不幸な友人の性格の病的側面に光を当てられるこの事実、彼女がそこをたびたび訪れていたことを隠すべきだとは思いません」

裁判長がグラディス・アイゼナハを見た。

「それは本当ですか?」

「はい」彼女はなげやりに言った。

裁判長は大きな赤い袖をゆっくり空中に上げた。

「どんな恥ずべき享楽をそこに求めに行ったのです?……まだ美しく、紳士と結ばれたあなたが、何を血迷って、行きずりの男とベッドを共にしに行ったのです? 裕福なあなたには、女性たちを往々にして悲しくも破滅させてしまうお金の必要という言い訳もありませんね……答えたくありませんか?」

「私は否認しません」被告人は小声で言った。

「証人、証言は終わりですか?」

「はい、裁判長様。陪審員の皆様に不幸な女性に対する寛大なご処置をお願いしてよろしいでしょうか?」

「それは弁護士の仕事です。あなたの仕事ではありませんよ」

裁判長は気づかないほど微かに微笑んで言った。

「退廷して結構です、マダム」

彼女は証人席から去り証人たちが入れ替わった。重要人物ではなく、被告人が住んでいた屋敷の管理人、そして彼女の運転手だった。滑稽で不器用なやり方ではあったが、二人とも明らかにできる限りグラディス・アイゼナハに有利な証言をしようとした。それから医者たちが来て、一方は被告人の精神状態を〝神経質で興奮しがちだが、完全に健全で、行動に責任を持てる〟と語り、他方は犠牲者の死体について語った。

大勢の傍聴人は疲れ、こもった騒めきが絶え間なく聞こえ、証人たちのある種の仕草、ある種の言葉、妙な癖、声の変化で室内に小さく短い笑いが起こった。

「次の証人を入れなさい」

白髪で、蒼ざめ、ほとんど透き通っているような顔色をした年輩の男性だった。長く繊細な唇の端に体の衰弱を示す疲れた皺があった。彼を見た時、被告人は悲痛な小さいため息を洩らし、前屈みになって、貪《むさぼ》るように老人を見つめた。

彼女は泣いた。年老い、疲れ、完全に恥じ入り、意気阻喪したように見えた……

「あなたのご氏名は？」

「クロード＝パトリス・ボーシャンです」

「年齢は？」

「七十一歳です」

「住まいは？」

「スイス、ヴヴェイのメイル街28です。パリではマラケ通り12に住んでいます」

「職業は？」

「無職です」

「陪審員諸君に聞こえるように声をもっと上げていただく必要があります。そうすることができそうですか？」

証人はうなずき、なるべくはっきり語ろうとしながら静かに言った。

「はい、裁判長殿。お許しいただきたい。私は高齢で病気の身です」

「坐られますか？」

彼は断った。

「あなたは被告人の近い親戚、現存するただ一人の親戚ですね？」

「グラディス・アイゼナハの結婚前の姓はブルネラです。私はテレサ・ブルネラと結婚しました。私の妻の父親とグラディス・アイゼナハの父親は兄弟で、モンテヴィデオの裕福な船主でした。従妹のグラディスの父親サルヴァドール・ブルネラは非常に頭がよく、大変な教養人でした。不幸なことに彼は妻と離婚し、従妹は母親に育てられました。私が思うところ、母親はとても不安定で、とても難しい性格の人でした。彼女は近親者との関係を一切断ってしまいました。私の妻はエクス＝レ＝バン（訳注：フランス東部の保養地）への旅行中に初めて従妹と会いました。その時、グラディス・アイゼナハはまだほとんど子どもで……妻は当時私が住んでいたロンドンで一夏過ごすように彼女を招きました」

「何年前のことですか？……」

だが証人は何も言わず、哀れみをこめて被告人の顔を見つめた。被告人の顔はやつれ、電灯に照らされて蒼ざめて見えた。彼女は悲し気に目を伏せた。彼はため息交じりに言った。

「昔のことで……もう覚えていません……」

「陪審員諸氏にその頃被告人の性格がどんなだったか話していただけますか？」

「当時はおっとりして陽気でした……お褒めの言葉を欲しがって……ちやほやされるのが何より好きで……」

「それ以降も継続的に会ったのですか？」

「時折は。従妹はリチャード・アイゼナハと結婚していました。彼女はいつも旅をしていました。彼女がパリを通る時、私は欠かさず彼女のもとに挨拶に出向きました。ですが私はパリにほとんどいなくなって。妻の健康が微妙で、年に何か月もスイスで暮らしました。それでも、私の息子オリヴィエはアイゼナハ家にしょっちゅう迎えられていました……一九一四年、哀れな若いマリー－テレーズ（それが従妹の娘です）の死の数か月前、私はアンチーブを通りました。その時私たちは会ったのです……それから私はまたヴヴェイに発ちました。私の息子は戦死しました。私は最終的にヴヴェイに落ち着きました、気候が私に合っていて……従妹とは二度と会いませんでした」

「二十年来初めて彼女と再会したのですか？」

「そうです、裁判長殿」

「この辛い事件にあなたは証人として喚問されました。被告人の住いであなたに宛てた手紙が発見されたからです……その手紙を我々は手にしています。陪審員諸氏に読み上げましょう」

被告人は俯《うつむ》いて、耳を傾けた。

〝私を援けに来て……あなたに呼びかけるのを驚かないで……多分、私をお忘れ？　でも私にには世界で他に誰もいません……周囲の人たちは皆死んでしまって。私は一人です。時折、私は井戸の底、孤独の深淵の底に生きながら沈められてしまったような気がします……あなた一人が昔の私をまだ覚えていてくださいます。私は恥じます、死ぬほど恥じます、でもあなたに、あなた一人に、私を愛してくださったあなたに、呼びかける勇気を持ちたいと思います……〟

「この手紙は封印され、スイスのあなたの名前に宛てられていました。しかし結局送られることはなかったのです」

「私はそれを深く悲しみます」ボーシャンは小さな声で言った。

「被告人、あなたはあなたの親戚に打ち明けたかったのですか？」

彼女はやっと立ち上がって頭を下げた。

「はい……」

「ベルナール・マルタンのことをこの人に話そうと？……その関係があなたにもたらす不安をこの人に共有してもらおうと？……この人に助言を求めようと？　最初の行動が続かなかったのが残念ですね……」

「そうかも知れません……」彼女はゆっくり肩をすくめながら言った。

「証人、被告人は最近一通もあなたに手紙を書きませんでしたか？」

「一通も。私が彼女から受け取った最後の手紙は彼女の娘の死を知らせる手紙でした」

「あなたは被告人に暴力的な行動ができると考えていましたか？」

「いいえ、裁判長殿」

「結構です、ありがとうございました」

彼は去った。他の証人たちが証人席に来た。グラディスは時折目を上げ、周囲に親しい顔を探しているようだった。

何時間か前はその好奇心が彼女にあれほど辛く思われた同じ顔ぶれがもう疲れ、むっつりして、無関心に彼女から目を背けていた。大勢の者たちが傍聴の終わりの暑さと疲労を感じ始めていた。閉め切っていない扉を通して、時折、廊下のくぐもった騒めきが、小島に打ち寄せる波の音のように、重罪裁判所まで入って来るのが聞こえた。公衆は取り乱し、蒼ざめ、震える被告人の顔を冷たく観察した。人はこんなふうに檻の柵の向こうに閉じ込められた野獣を見るのだ。獰猛だ、だが、捕えられ、爪も牙も抜かれ、あえぎ、死にかけている……冷笑し、肩をすくめ、声を押し殺して大勢の者たちが囁いた——

「がっかりね……すごく奇麗だって聞いたけど……老女の雰囲気ね……」「あら、フェアになってよ……何か月も監獄に拘留された後で、お化粧もまるでしてないのよ。その上悔恨の思いだってあるでしょうし、あの人の立場になったあなたを見たいものだわ……」

「ありがたいこと……」

「あの人、気品があるわ、それは否定できない……彼女は素敵よ……あの手を見て、なんてきれいなの……人を殺した手だけど……」

「それでも、お金持ちはそんなに簡単に殺さない……」

「現に証拠が……」

立ち見の公衆の最後列で、一人の女がため息をついた——

「モンティ氏みたいな恋人を裏切るなんて……」

次に尋問を受ける証人はベルナール・マルタンを知っていた者たちだった。だが飽きてしまった大勢の傍聴人たちはあまり聞いていなかった。この裁判では被告人だけが室内を色めき立たせた。被害者は影の薄い亡霊に過ぎなかった。総じて無関心な中で、ベルナール・マルタンは一九一五年四月十三日、アルプマリティム（訳注：フランス南東部、地中海沿岸の県）

ベイの生まれであることが分かった。父母は不明だったが、後にかつての給仕長マルティアル・マルタンに認知された。マルティアルはかつての料理人ベルサ・スープロスと夫婦のように暮らしていた。二人ともジュ（フランス東部ローヌ県にあるコミューン）の公爵に仕え、公爵はマルティアル・マルタンが一九一九年、ベルサ・スープロスが一九三二年にそれぞれ急死するまで報酬を支払った。ベルサ・スープロスは幼いベルナールを慈《いつく》しんだように見えた。自分の身分を遥かに越えたやり方で注意深く育てた。少年はルイ－ル－グラン校への奨学金を得ていた。裁判官がベルナール・マルタンの昔の教師の証言を朗読させた——

〝寡黙で、辛辣で、陰気な性格。早熟な天才の特徴を持ち、ずば抜けて頭が良い。あるいは少なくとも、ある種の粘り強さ、洞察力に富む深い忍耐が、必要とされる対象に注がれると天才の働きをする〟

〝これは不幸な少年が思春期に入った頃の私の個人的な記録の抜粋です。今、自分の記憶に光を当て、こうした忍耐と洞察力という宝が主としてつまらぬ楽しみに使われてしまったと言い添えることができます。ベルナール・マルタンの唯一の情熱は何であれ現在の困難に打ち勝つことにあったようで、それが一たび達成されると、マスターできた勉強や遊びにすぐに興味を失いました。少年だった彼は幼い同級生たちと賭けをして、辞書を使って三か月英語を独習しました。言葉をある程度知るようになると、彼は不意に学習を止め、以後一言も英語を口にしませんでした。生来の数学者で、クラスでトップクラスでしたが、大学の文学部に入りました。私にはそれが分かりました。疑いなく、十二歳の時、私が彼の中に発見した邪悪な興味と飽くなき野心に突き動かされていました。彼に影響を与えることは非常に困難でした。いい付き合いでも良くならず、悪い付き合いでも堕落しない青年でした。自分の規律のみに従い、自分の行動規範にしか服さないようでした。一種禁欲主義の傾向さえ見える質素な性向を持ち、極度に野心的な彼に、金持ちの女性に可愛がられる恋人役は最も性格に合いません。おそらく彼は上流社会の光輝に惹きつけられたのでしょう。彼は自分の曖昧な生まれを苦にして、世間での成功を願っていました。彼が命を失った悲劇を私は悼《いた》みます。私はこの少年には素晴らしい将来が約束されているとずっと信じていたのです〟

「次の証人を通しなさい」

中近東風の容貌をした二十歳くらいの青年だった。切り方のまずい黒い髪、痩せて熱っぽい顔をしていた。彼は多分異国の訛りを気にして、やや口ごもりながらせかせかとしゃべった。

「あなたの名前は?」

「コンスタンチン・スロチです」

「年は?」

「二十歳です」

「住まいは?」

「フォセーサン－ジャック通り6です」

「職業は？」

「医学生です」

「あなたは被告人の親類縁者ではありませんね……あなたがこの人のための仕事をしているわけではないし、この人もあなたのために仕事はしていない……憎しみも恐れもなく真実を、真実の全てを、真実のみを語ることを誓いますね？　手を上げて、〝誓います〟と言いなさい。あなたはベルナール・マルタンを知っていましたか？」

「僕たちは部屋が隣でした」

「彼はあなたに打ち明け話をしましたか？」

「一度も。そんなタイプじゃありませんでした……口数が少なくて」

「あなたの意見ではどういう種類の人でしたか？」

「冷たく、激しく、付き合いの悪い皮肉屋でした……僕たちには男も女も共通の仲間がいました。全員があなたに同じことを言うでしょう」

「彼はお金に困っていましたか？」

「皆と同じように……裁判長様、カルチェラタンで人がまともに暮らすのは月の初めから五日まで、それが全てだと僕は言いたいです……」

「彼はあなたからお金を借りましたか？」

「いいえ、でもとうてい無理だったでしょう……川が乾いている時は川に水を探しに行かない、僕たちの国にはそういう諺《ことわざ》があります」

「死ぬしばらく前に彼の収入が増えたという印象は持ちましたか?」

「いいえ、裁判長様」

「被告人がベルナール・マルタンの部屋に来た時、あなたは彼女に会ったことがありますか?」

「一度だけ見かけました。一九三四年十月十三日です」

「なんと正確な記憶でしょう!」

「翌日が試験でした。ドアの下から抜けて来るこの女性の香りがあんまり甘いので、勉強できなくなったんです。翌日の成績は散々でした。こんなに正確に覚えているのはそのせいです」

法廷内で笑いが起こった。スロチは続けた。

「実はこの女性が出た時、僕はこの女性を見ようとドアを開けました。しっかり見ました。とてもきれいでした……」

「この人はあなたの友人の部屋に長くいましたか?」

「三十分ほどでした」

「その訪問についてあなたはベルナール・マルタンと話しましたか?」

「はい。私はその晩ヴァヴァン街の店で彼に会ったんです。僕らはちょっと酔っていたと思います……僕は彼に言いました――〝よう、うまくやってるな……〟つまりこんな時に誰でも言うことです。彼は笑いました。笑った時とてもきつい表情をしました。僕はこうとさえ思ったんです――〝これは女がいつか辛い目に会う……〟」

「〝辛い目に会った〟のは彼ですね、あなた流に言えば……彼は何と答えましたか？」

「アタリーの夢の話をしました、裁判長様」

「何ですと？」

「僕の前に母のジェザベルが現れた……と」（訳注：ジェザベルとアタリーは旧約聖書列王記に登場する母娘。悪妃、悪后とされ、ともに婚家の旧イスラエル王国でユダヤ教を迫害した末、非業の死を遂げる。ジャン・ラシーヌの悲劇「アタリー」で、ジェザベルはアタリーの夢に現れその破滅を告げる）

「なんたる懲罰でしょう」

グラディス・アイゼナハに目をやりながら裁判長は言った。

彼女は熱い関心をこめてスロチの話を聞いていた。繊細な鼻腔がぴくぴく動いた。その日は一点を見つめ、澄んでいた。やつれた美しい顔に遂に犯罪者の顔つきに相応しい狡猾で残忍な表情が現れた。陪審団は自《みずか》らの裁く権利を一層確信した。

「証人、彼の死の前夜にあなたはベルナール・マルタンに会いましたか？」

「はい、彼は完全に酔っていました」

「彼には飲む習慣があったのですか？」

「たまにしか飲みませんでした。普段は平気でしたが、その晩は塞ぎ込んでいました。昔の愛人の一人、確かローレット、ロール・ペルグランが死んでひどく悲しんでいました。彼女は十一月まで彼と一緒に暮らしていました。結核で、スイスで死にました」

「その女性の存在は知っていましたか？」裁判長がグラディスに聞いた。

「はい」彼女はやっとのことで答えた。

「あなたが若い恋人にあげたお金はその女性に行っていませんか？」

「そうかも知れません」

「被告人を見てみろ」法廷内で一人の男が隣の人間にそっと耳打ちした――

「彼女はあのベルナール・マルタンにひどく苦しんだにちがいない……時折彼の話が出ると、憎しみの表情が顔をかすめるんだ。それ以外、殺した女の雰囲気はないんだが」

ミルク色の肌をした金髪娘が証言席に来て大きな赤い手を自分の前で組んだ。黒い帽子から金髪がはみ出ていた。彼女の名前：ユージェニー・フォランファンが傍聴人たちを笑わせた。自分でもごく素直に楽しそうにそれを聞いていた。（訳注：フォランファン Follenfant は狂った子どもと受け取れる）裁判長が手にしたペーパーナイフで机を叩きながら言った。

「笑ってはいけません。ここは劇場ではありませんよ」

「私、神経が高ぶっていて笑ってしまいました」

「まあよろしい、気を静めて答えなさい。あなたは被害者が住んでいたフォセーサンージャック通りのホテルの所有者、マダム・デュモンの使用人ですね。あなたは被告人を何度もベルナール・マルタンを尋ねて来た人と認めますか？」

「はい、裁判長。この方を知っていると思います」

「しょっちゅうこの人を見ましたか？」

「学生ホテルでは来る人を皆覚えてはいないとお思いでしょ！……この方は、きれいな服を着て、狐の毛皮を首に巻いて、他の人みたいじゃないから気がついていました……でも三回来たのか、四回か五回か覚えていません……回数までは……」

「ベルナール・マルタンはあなたに一度も打ち明け話をしたことがありませんでしたか？」

「あの人が？……まあ、まさか……」

「彼はあなたにとても楽しい思い出は残していないようですね」

「変わった若者でしたよ。意地悪じゃないんですが、皆と違っていました。一晩中勉強して、昼間は寝ていることがしょっちゅうで。マダム・ロールが持って行くオレンジ以外一日中何も食べずにいるのを見ました。彼女にはあの人、優しかったです。彼女を愛していました」

「その人が被告人に嫉妬しているようには見えませんでしたか？　喧嘩の声を聞いたことは一度もありませんか？」

「一度も。胸の病気で死んでしまったマダム・ロールの健康をとても心配していました。彼女は彼のもとから去って一か月後にスイスで亡くなってしまいました……」

「ではもしかして、ベルナール・マルタンと被告人の間で会話、打ち明け話、お金の要求の現場に遭遇したことは一度もありませんか？」

「一度も。この方は来ても、長くはいらっしゃいませんでした。私が覚えているのは、なんと、この方が立ち去った後で部屋に入った時、何度見ても、ベッドは全然乱れていないことでした。でも、どうでしょう、お二人は別の手を考えてたかも知れませんよね？」

「よろしい、細部に立ち入らなくて結構です」

裁判長がそう言うと、大勢が笑った。

しかし、椅子で屈みこんだ被告人は神経的な発作に見舞われた。彼女は泣き咽び、絶望的に繰り返した――

「私を哀れんで！……私を放っておいて……私、彼を殺しました！　私を牢に入れて、私を殺して……私はそれに値します！……何度でもそれに値します。私には死と不幸が相応しい、でもなんでこんなに恥を並べ立てるの？……そうです、私は彼を殺しました、寛容なんて求めません。でも終わらせて、終わらせてください……」

審問は中断され、翌日に延期された。大勢の傍聴人たちがゆっくり流れ出た。もう遅く、夜になっていた。

翌日は口頭弁論の日だった。

もう誰も被告人に興味を持っていなかった。一晩のうちに、美しさの全てが永遠に彼女から去ったようだった。疲れ果てた老女だった。そもそも席の暗がりの中では彼女の様子はほとんど見えなかった。帽子を目深に被ったままで、顔は隠れていた。傍聴人たちはグラディス・アイゼナハの弁護人にしか目を向けなかった。彼はまだ若く、軽蔑したように下唇を突き出し、美しい黒髪をたてがみのように撫でつけていた。彼は時代の花形だった。

被告人は両手で顔を隠し、論告を聞いた。

「陪審員諸君、一九三四年十二月二十四日の晩まで、今あなた方の前にいる女性は人生の特権を享受していました。まだ美しく、健康に恵まれ、大変な財産を自由に享受していたのです……しかしながら、幼少時以来、彼女には品行の模範たる家族、家庭が欠けていました……ああ！　彼女がちゃんとした市民家庭に生まれる幸運に恵まれていれば……」

被告人は両手をゆっくり膝の上に下ろした。一瞬、彼女は顔を上げた。蒼ざめ、引き攣っていた。彼女はなおも聞いた――

「貧しい女性、無知なる女性、虐待された女性はおそらく寛容な扱いに値するのではないでしょうか？……だがこの女性は……陪審員諸君、諸君の手の中で、正義の松明《たいまつ》が消えることなきよう！　正義は全ての人間に公平であること、この女性の魅力、美貌、教養が重みを持つとしても、それは彼女をより重く厳密な正義の側に傾けるしかないことを諸君は証明されるでしょう。この女性は意図して殺しました。あらかじめ自分の行動を充分考えていました。彼女はその過ちに見合う罰に値します」

それから弁護人の見事な弁論が始まった。時折鞭打つような声が穏やかでほとんど女性的になった。弁護士はグラディスを恋にのみ生きた女性、この世で恋しか気にかけなかった女性、恋の名に於いて忘れられ、許されるに値する女性として表現した。老いて行く女性を狙い、彼女たちを過ちと恥辱に追い込む恐るべき官能の悪魔を語った。観ている女たちが泣いていた。

それから裁判長がグラディス・アイゼナハの方を向き慣例の言葉を発した――

「被告人、付け加えることは何もありませんか?」

長い間グラディスは無言のままだった。とうとう、頭を振って呟いた。

「いえ。何も」

それから一層小声で――

「私は寛容を求めません……私は恐ろしい罪を犯しました……」

暑く、荒れ模様の夕方で、傾く太陽の眩い光が横切った。室内の空気は息苦しくなり、大勢の傍聴人たちは興奮し、いきり立った。こもった騒めきが来るべき宣告を予《あらかじ》め示していた。陪審団が退去し、被告人が連れて行かれた。

夜九時ごろ、遂に、ほとんど聞こえない程か細くベルが鳴った。それは陪審員たちの審議が終了したことを示していた。夜になっていた。

収容数のぎりぎりまで人の詰まった法廷内で、湯気が傍聴人の群れから立ち昇り、閉じた窓ガラスの湿り気に被さるようだった。暑さで息が詰まった。

蒼ざめ、手を震わせた陪審員長が質問への回答を読み上げた。裁判官が判決を言い渡した。記者席を囁きが駆け巡り、立ち見の公衆にまで届いた――

「禁固五年……」

古びた裁判所の扉を見物人たちが通って行った。立ち去り際に、誰もが敷居に立ち止まり、嬉し気に風を吸い込んだ。大粒でまばらな雨がまた落ち始めた。

空を指して誰かが言った――

「明日も雨だぞ……」

他の一人が――

「ビールでも飲みに来いよ……」

二人の女が自分たちの夫のことを話していた。風がその言葉を静かな黒いセーヌの方に運んで行った。芝居がはねると役者を忘れるように、誰もグラディス・アイゼナハを思い出さなかった。もう彼女の役は終わっていた。結局それはありふれていた。情痴犯罪……まずは妥当な懲罰……彼女はどうなるのか？　彼女の将来も、過去も誰も気にかけなかった。

1

年老い、衰えてもグラディスはまだ美しかった――時が優しく慎重な手で名残惜し気に、そっと彼女に触れていた。それは一つ一つの造作が愛をこめて、優しく慈しんで作られたような顔立ちをほとんど損ねていなかった。白くて長い首は完璧なままだった。唯一、目だけが何としても若返らせることができず、かつてほどの輝きを失っていた。眼差しは気遣わしげで疲れた年相応の分別を表していた。だが彼女が美しい瞼を伏せると、その時彼女を見る者は、そこに遠い昔、六月の美しい夕べ、ロンドンのメルボルン家の舞踏会で初めて踊った少女の姿を認めることができた。

白い建具、赤いダマスク織の堅い長椅子のあるメルボルン家のサロンで、壁にはめ込まれた細い鏡に、まだ人見知りなほっそりした少女が映っていた。色白の額に金髪が垂れ、黒い眼が輝いていた。まだ誰も知らない少女の名はグラディス・ブルネラ。

少女は長手袋、モスリンのフリルと身頃に薔薇をあしらった白いドレスを身に着けていた。

幅広のサテンの帯でウエストを絞めていた。踊っている時、彼女は幸福に舞い上がり、そよ風に運ばれるようだった。髪の毛を束ね、頭の周りで冠のように編んでいた。正に黄金色の髪だった。そんな髪型にしたのはおそらく初めてだった。一つ一つの鏡の前で彼女は顔をそっと傾け、金の糸も宝石も着けていない白くてきゃしゃな自分の襟首を眺めた。お気に入りの香りの強い深紅の小さな薔薇のブーケを帯に忍ばせていた。その香りをもっと吸い込もうと、時折彼女は目を閉じた。舞踏会の熱気の中の束の間の香りも、肩を撫ぜる夜風も、照明の煌《きら》めきも、耳に響くワルツの曲も、決して忘れないと彼女は思った。どれだけ彼女が嬉しかったか！　いやむしろ、それはまだ幸福ではなく、期待、聖なる不安、彼女の心を渇かせる激しい渇望だった。

つい昨日、彼女は大嫌いな母の傍らにいる、悲しくてひ弱な子どもだった。今ここに彼女は美しく、感嘆され、すぐにも愛される女性として登場した……彼女は思った――〝愛される……〟そしてたちまち深い不安を感じた――自分は醜く、服装もみっともなくて、育ちも悪い。彼女の動きはぞんざいでぎこちなくなった――彼女は恐る恐る母親たちの間に坐っている自分の従妹、テレサ・ボーシャンを目で探した。だがダンスが少しづつ彼女を酔わせた。血管の中で血はより激しく熱く流れた。あたりを見回し、公園の木々、黄色い灯りが照らす静かでしっとりした夜、若い娘たちのように優美でほっそりした舞踏室の小さな円柱を眺めた。全てが彼女を魅了した。全てが彼女には美しく、珍しく、魅力的に見えた。人生には新しく、甘酸っぱい、ついぞ味わったことのない味があった。

彼女は十八歳まで、冷たく、厳しく、気違いじみた母親の傍らで暮らした。母親は化粧した古い人形で、時に移り気で時に恐ろしく、世界のあらゆる国々に自分の厄介事、娘、ペルシャ猫たちを連れ回した。

その晩、メルボルン家で踊っている間も、思いやりがなく、氷のように冷たい、緑の目をしたその小柄な女のイメージが彼女に付きまとった。ロンドンのボーシャン家で過ごすことになっている二か月はあっという間に流れた……彼女は顔を振って自分の考えを追い払った。もっと軽やかに、もっときびきびと踊った。フリルが体の周囲で回り、飾りのレースが揺れて、彼女に眩暈《めまい》のような快感を与えた。

決して彼女はこの短い季節を忘れるはずがなかった。ちょうどこのような上質な歓びを二度と見つけるはずがなかった。心の底に、ずっと、一時間への、一夏への、ほんの一瞬への愛惜の思いが残る。その時、おそらく彼女は開花点に達する。何週間あるいは何か月、稀にはそれ以上の間、とても美しい少女は普通の生活を送らない。彼女は酔う。時間の外、規律の外にいて、単調な日々の連続ではなく、鋭くほとんど絶望的な至福の瞬間だけを味わう感覚が彼女に与えられる。彼女は踊った、夜明けにボーシャン家の庭園を走った、そして不意に、彼女には、自分は夢を見て、既に半ば目覚め、夢が終わってしまったように思われた。

彼女の従姉、テレサ・ボーシャンには時に深い悲しみに変わるこの熱さ、この生きる喜びが分からなかった。テレサはいつももっとひ弱で、もっと生気を欠いていた。グラディスより何歳か年上だった。痩せて小柄だった。十五の子どもの体つき、こめかみがちょっと詰まった小さく繊細な顔、黄ばんだ顔色、きれいな黒い目、優しく擦《かす》れた声をしていた。擦れ声は彼女がかかっていた肺病の最初の損傷を表していた。

彼女はフランス人と結婚したが、イギリス生まれのイギリス育ちで、いつもこちらに帰っていた。ロンドンに美しい邸宅を持っていた。テレサは幸福な幼年時代、身持ちの正しい青春時代を過ごした。グラディスがいきなり世の中に投げ込まれた一方で、彼女は段階を踏んでそこに慣れていった。テレサは決してグラディスのように美しくなかった。どんな男も、この人見知りの少女を見るように彼女を見たことはなかった。

二人がメルボルン家に入った時、グラディスはテレサの手を掴み、まるで怯えた子どものように握り締めた。今、彼女は踊っていた。テレサに目もくれずその前を通った。きれいな唇を半分開き、誇らしげに優しく微笑んでいた。テレサは一曲ワルツを踊ると疲れてしまい、羨ましそうにグラディスを見た。歓びのために鋼《はがね》の筋《きん》を隠したその繊細な肉体に感嘆していた。しかし〝あなたの若い従妹はおきれいではありませんか？〟と人に問われると、傷ついた鳥のように淑《しと》やかに見える、驚き、疲れた仕草で頷き、分別らしく答えた――〝大いに見込みはありますわ〟なにしろ女たちは同性の顔が束の間、ほとんど恐ろしいほどの輝きを放つのが目に入らない。

「あの子を楽しませてあげましょう。We try to give her a good time」と彼女は言った。

彼女はソファーの堅いクッションの上で一層姿勢を正した。背中は絶対もたせかけなかった。決していらいらした徴《しるし》を見せず、疲れてこわばった笑みを浮かべて静かに自分を扇いだ。頬骨に燃えるような病的な色が滲んでいた。夜が過ぎて行った。彼女は深い悲しみに襲われたような気がした。最初は年上の寛大な優しさをこめて、グラディスを楽しんで眺めていたが、今は何故かしら、こんなに美しく疲れを知らない彼女を見るのが辛かった。一瞬、その腕を掴んで、叫んでやりたいような気がした。

〝たくさんよ。止めて……あなたは眩し過ぎる、幸せ過ぎる……〟

彼女は更に多くの歳月に渡って、グラディスが全ての女たちの心にこんな妬ましい悲しみを呼び覚ますことになるのを知らなかった。

彼女は恥ずかしくなった。もっと強く扇を煽《あお》いだ。裾に二重のレースをあしらった渋い銅色のサテンの服を着ていた。身頃はシュニール織の葉模様と青銅色の真珠で飾られていた……彼女は鏡で自分を見て、醜いと思った。グラディスのシンプルな白いドレスとブロンドがたまらなく羨ましかった。自分が結婚して幸せなこと、息子だっていること、この若いグラディスが不確かな人生の入口にいることを思い出した。彼女は苦く思った――

〝さあ、あなた、あなただって変わるのよ……どんなにあっという間に去るでしょう、その高慢さも、その瑞々しさも。どんなふうに消えるでしょう、あなたが皆に投げる勝ち誇った眼差しも……あなたにも子どもができて、あなたも年老いて……何があなたを待っているか、あなたはまだ知らない、お気の毒様……〟

いきなり彼女は立ち上がり、窓辺の赤いカーテンの前にいるグラディスの方へ行き、扇でその腕に触れた――

「いらっしゃい、帰らなきゃ……」

グラディスが彼女の方を向いた。テレサは一時間の楽しみがこの柔順で大人しい少女に与えた変化に驚いた。グラディスの身振りの全てにゆとりがあり、軽やかで巧みだった。眼差しは勝ち誇り、笑いは陽気で嘲《あざけ》るようだった。テレサの言葉をほとんど聞いていないように見えた。彼女は苛立って首を振った。

「まあ、テス、いや、いや、お願いよ、テス……」

「だめよ、あなた……」

「あと、あと、一時間だけ」

「だめよ、あなた、遅くなってしまったわ、あなたの年で、一晩中なんて……」

「もう一回ダンスを、一回きりでも……」

テレサはため息をついた。疲れたり、いらいらした時、いつものように彼女の呼吸はより乱れ、より苦しくなった。しゃがれた小さな声が唇から洩れた。彼女は言った――

「私だって十八だったわ、グラディス、そんなに前じゃない……舞踏会があなたに素敵に見えるのは分かるけど、歓びがあなたから去る前にあなたが歓びから離れることを知らなくちゃだめ……遅くなったわ。あなた充分楽しんだんじゃない？……」

「ええ、でもそれは、過ぎたことだわ」グラディスは思わず呟いた。

「時間になったら帰らなきゃ、あなた、明日疲れてげっそりしてしまうわ……この舞踏会が最後じゃないわ、シーズンはまだ終わっていないのよ……」

「直ぐに、終わっちゃうわ」グラディスは言った。大きな黒い眼が欲望と絶望に輝いた。

「だったら、終わった時に泣きなさい。あなた、何にでも終わりがあることをちゃんと知ってるでしょ……諦めることを学ばなきゃ……」

グラディスは顔を伏せた。だが彼女は聞いていなかった。心の中で、荒々しく熱烈な一つの声が沸き上がり、全ての空しい言葉を覆いかぶせた。叫び上げる一つの強く、残酷な声が。

〝ほっといて！……私は自分の愉しみが欲しいの……あなたが私の愉しみを一つでも妨げるなら、私、あなたを憎む！……神様がくださる至福の時間を一瞬でも邪魔したら、私、あなたの死を願ってやる……〟

彼女にはこの心を酔わせるファンファーレ、自分の若さそのものの声しか聞こえなかった……こんなに美しく、こんなに完璧な夜が終わり、丸ごと虚無の中、過去の中に落ちて行くのを見ることが彼女に可能だったか？　それは他人たちにとってはロンドンのもう一つの夏の舞踏会、テスが言う〝**a fastidious affair**（厄介《やっかい》な事）〟直ぐに忘れられる数時間に過ぎなかったが……

「いらっしゃい、私がそうしたいの」ほとんど厳しくテスが言った。

グラディスは驚いて彼女を見た。テスはため息をついた――

「私、病気で疲れてるの……帰らなくちゃ……」

「ご免なさい」グラディスは彼女の手を取りながら呟いた。

彼女の顔は変わり、改めて子どもっぽく、無邪気になっていた。目の残忍な炎も消えていた。

「行きましょう」テスが努めて微笑みながら言った。「あなたはいい子、賢い子だわ……いらっしゃい……」

グラディスは何も言わず、彼女の後に着いて行った。

2

グラディスにとって、シーズン最後の舞踏会はダンス、音響、色彩の渦だった。それは数時間彼女を巻き込み、それから酔いが醒め疲れた彼女を置き去りにした。翌日には出発しなければならなかった。

彼女はボーシャン夫妻と明け方に帰った。ミルク色の霧がロンドンを明るくしていた。通りはがらんとして、ほの白く光っていた。少し冷たい朝風が唇に雨と湿った石炭の味を残した。だが、時々思い出したように、その時公園で咲いていた薔薇の香りが空気の中を通り抜けた。

グラディスはそっと両手を顔に当てた。頬が炎のように火照っていた。心臓が最後に踊ったワルツのリズムで、どきどき脈打つのを感じた。彼女は無意識にワルツを口ずさみ、自分の髪をそっと撫ぜ、テスの方に身を屈めて笑った。だが悲しかった。いつもそんなふうだった。楽しさが不意に消えて、苦くて深い憂鬱を感じた。彼女は気に入った騎兵を何となく思い浮かべた。彼は美男で、そのシーズン、娘たちの誰もが恋焦がれていた。ロシア大使館に勤務する若いポーランド人で、タルノフスキー伯爵という名前だった。彼女は自分が見たとても美しい女性たち、あらかじめ生きる道筋が引かれている娘たちのことを思った。自分はと言えば、ほとんど社会的地位にも恵まれず、離婚した両親の娘、〝an unhappy woman, a wicked woman（不幸な女、邪悪な女）〟とテスが言うソフィー・ブルネラの娘だった。彼女は傍らにいる従妹を見て、可哀そうになった――とてもか弱く、疲れて、病気のようだった。時々苦しそうに咳き込んだ。クロード・ボーシャンは窓ガラスを下げ、二人の女から顔を背けた。テスはおずおずと彼に微笑みかけたが、彼は彼女を見ていないようだった。

彼は面長の繊細な顔立ちで、こめかみの下で内側に吸い込まれたような痩せた頬、閉じている時は、顔の中でほぼ一直線に引き結ばれる、薄いきれいな口をしていた。とても背が高く、ひ弱で、普段はちょっと背を曲げ、俯《うつむ》き加減だった。礼儀正しく、冷ややかで、よそよそしく、寡黙だった。若かったがグラディスにはほとんど老人に見えた。彼女は彼に敬意を払っていたが、彼に気に入られたくて目を向けることは決してなかった。

そのうちにも、車はボーシャン邸の前で停まった。一階のクロードの書斎に飲み物が用意されていた。部屋は寒く、テレサが遅く帰る時は、暖炉に火が入っていた。まだいくらか薪が燃え、古い家具を照らしていた。黒い木製の家具はとても丈が高く、時代遅れの形をして、古めかしく、黒檀《こくたん》のように磨かれていた。

グラディスは窓を開け、その側に坐った。

テスがため息をついた。

「風邪を引くわよ」

「そんなことないわ」グラディスが呟いた。

「少なくともコートを羽織りなさい……」

「いや、いやよ……風邪なんか怖くない、世界で何にも怖くないわ……」

二人の間ではヴィクトリア朝の英語で〝endearement〟言葉の愛撫を交わす習慣があった。〝シェリ、darling, my sweetheart, my love……〟以外では決してお互い呼び合わなかった。二人はこんな言葉を発し、微笑んでお互いを見つめたが、二人とも眼差しは険《けわ》しかった。

グラディスは帯の中に忍ばせた花を取り、その匂いを吸い込んだ。テレサはむっとした素振りで言った。

「およしなさい、それ、しおれてるじゃない」

「全然かまわないわ……こんな小さくて赤い薔薇だけがちゃんとしおれ方を知ってるの。枯れるんじゃなくて、燃え尽きるのよ。見て」

彼女は手の中の花を示しながら言った。

「嗅いでみて……なんて素敵な香り……」

彼女がそれをそっとテレサの鼻腔に運ぶと、テレサは顔を背け、悲しそうに言った。

「花の匂いは気分が悪くなるのよ……」

グラディスはちょっと笑った。恥ずかしかった。テスを怒らせたことが分かった。彼女は思った。〝気の毒なテレサ……〟彼女が可哀そうになった。だがグラディスは不安な残酷さ、初めて自分の女としての力量を測って知りたいという欲望を感じた。徹夜で蒼ざめた小さな顔が張りつめて震えた。急に思った。

〝どうして？　私、何をするの？……〟

ボーシャン夫妻の息子、幼いオリヴィエがいる階から目を覚ました子どもの声が聞こえた。

テレサが直ぐに立ち上がった——

「もう六時……オリヴィエが起きるわ……あの子と一緒にならないで、さあ休みに行って……」

テレサは椅子に置いてあった扇を手に取ると、部屋を出た。クロードとグラディスだけが残った。グラディスはバルコニーの両開きの扉を開けた。

「凄いお天気だわ……」

クロードはランプを消した。二人は屋敷を囲む石のバルコニーに出た。快晴のとても静かな朝だった。近所の庭園の鳥の鳴き声が聞こえた。太陽を讃える鋭く、陽気で、うっとりした声だった。

「君は眠くないのか?」

「全然」彼女はせかせかと言った。

「あなたもでしょ、クロード。あなたは休むことや寝ることしか言わないけど。寝ないと体が軽くなると思わない?……もう血も肉もなくなって、そよ風に運ばれるみたい……」

「見ろよ、木が風に揺れてる……」

「そうね、きれいね……」

彼女は身を屈めた。半分目を閉じ、瞼を朝風に差し出した。

「一日でいちばん素敵な時間ね……」

彼は彼女を見ながら言った。

「そうだな、worth considering、考える値打ちがあるのは二つの瞬間だけ、物事の始まりと終わり、誕生と終末だな」

「分からないわ」突然グラディスは低く熱のこもった声で言った。「あなたがとても好きな本の中の老人が人生のどんな瞬間でも〝止まれ！〟って言えなかったって断言するわね。どうしてなのか、私、分からない……」

「ああ、あの男が老いた愚か者だったからだ、僕が思うに……」

彼女は微笑みながら風を吸い込み、美しい顔を傾け、自分のむき出しの腕を眺めた――

「時よ、止まれ」彼女はそっと言った。

彼は呟いた――

「そうだな」

彼女は笑った。だが彼は熱く、厳しい表情で彼女を見つめた。彼女に感嘆するより彼女を恐れ、ほとんど憎んでいるようだった。最後に彼は言った――

「グラディス……」

彼は一種の驚きをこめてその名を繰り返した。それから身を屈めて、スカートの襞の中に隠れた、まだ子どもっぽく、痩せて、指輪をつけていない彼女の手を握った。震えながらそれに口づけした。打ち身と引っかき傷が残る細い腕に口づけした。なにしろ彼女は時に男の子のように乱暴で、乗りこなすのが難しい馬、障害物、危険が好きだった。彼は彼女の前で子どものように慎ましく身を屈めたままだった。後々、グラディスはこの瞬間を、心を蕩《とろ》けさせる高慢な動作と自分の心をいっぱいに満たした甘美な安らぎを決して忘れないに違いなかった。

彼女は思った――

〝これが、これが幸福……〟

彼女は手を引っ込めなかった。繊細な鼻腔だけがかすかに動き、若々しい顔がいきなり狡猾で貪欲で残酷な女の顔になった。自分の足元に一人の男を見ることがどれだけ心地よかったか……女の力の誕生に勝る何がこの世にあったか？……彼女が期待したのはそれだった。長い間予感していたのはそれだった……楽しみ、ダンス、成功、そんなものは何でもなかった、このひりひりする感覚、彼女が感じたこの種の心を噛まれるような痛みの前でそれは色褪せた。

〝恋？……〟彼女は思った――〝ああ！　違うわ、愛される歓びよ……ほとんど罰《ばち》当たりな……〟

彼女は言った――

「私はただの子どもよ、あなたはテスの夫でしょ」

目を上げた彼は彼女が笑っているのを見た。一瞬二人は見つめ合った。彼は言葉を絞り出した。

「子どもか、そうだな……だがもう、疲れて危ない浮気女だ……」

彼は平静な顔を取り戻した。指だけが震えていた。彼は彼女から離れようとしたが、彼女はそっと尋ねた——

「じゃあ、あなた、私を愛してるの？」

彼は答えなかった。顔の中で引き結んだ唇が彼女がよく知っている蒼ざめた鋭い線になった。

〝この人、屈服するわ〟彼女は思った。あの激しく、不思議な、ほとんど肉体的な歓びの感覚をもう一度見つけたかった。彼女は彼の手に触れた。

「答えて……私に言って〝愛している……〟って。たとえ本当じゃなくても……私、その言葉を一度も聞いたことがないの……聞きたいわ……それもあなたの口から、クロード……答えて……」

「愛している」彼は言った。

彼女は疲れて満足した笑いをちょっと浮かべて彼から離れた。悦楽の鋭い痙攣は静まっていた。彼女は歓びの混じった一種の恥じらいを感じた。美しい瞼をそっと伏せ、自分を捕えようとする震える腕をかわし、微笑んで言った——

「だめよ、何になるの？……私はあなたを愛していないわ……」

彼は彼女を残し、彼女に目をやらず立ち去った。

3

しばらくして、グラディスは偶然、旅の途上で、ロンドンの舞踏会の夜気に入った若いポーランド人、タルノフスキー伯爵と再会した。彼女は彼と結婚し、二年間一緒に暮らした。彼は美男で、娘のように自分の美貌を鼻にかけていた。節操がなく、嘘つきで、柔弱だった。二人が共にする生活は耐え難かった。なにしろ二人とも互いに嘘、悪知恵、気まぐれという同じ武器、女性的な武器を使ったから。後になっても、彼女は自分を苦しめた彼を許せなかった。彼女は苦しみをひどく嫌い、子どものように、幸福を待ち望んだ。

二人が別れた後、彼女はリチャード・アイゼナハと出会った。生国不明の高名な金融資本家で、メキシコ石油会社の社長だった。その冷酷で鋭利な知性のために恐れられた男だった。彼は醜く、ずっしりして力強い上半身、節くれ立った腕、ごわごわした黒い髪に半分隠れた狭い額をしていた。濃い眉毛の下の緑色の刺すような目で競争相手を見下ろす時は、楽しげで蔑《さげす》むような寛容さで相手を探った。女たちは彼に気に入られるには美しく、寡黙でなければならなかった。彼はグラディスを自分に服従するように、自分のおかげで楽しく幸せそうで、この世で彼女自身の美しさと快楽しか気にかけないようにしつけた。彼女が装い、時間をかけて宝石を選び、鏡で自分の顔を眺めるのを見て彼は倦むことがなかった。彼女を子どもとして扱うことに、鋭く、官能的な歓びを味わった。彼女が彼の腕に抱かれる時、〝あなたに較べたら、私はこんなに小さいわ、ディック（訳注：リチャードの愛称）、こんなに弱いわ……〟と呟く時、優しくからかうように顔を上げながら彼を見詰める時、欲望とほとんど狂気の閃光が冷たく無表情な彼の顔を過《よぎ》った。彼は彼女に飛びかかり、夢中になってその口を噛んだ。「私の娘、愛し子、可愛い我が子……」

彼女と共に世間に隠したこの秘め事は二人の快楽の源泉であり、グラディスにとっては彼やそれ以外の男たちに及ぼす力の秘訣だった。彼女は彼の手荒な愛撫が好きだった。後々、彼女が好きになった男たちは皆ある面でリチャードに似ていた。彼女には長年マーク・フォーブス卿という恋人がいた。戦前名望のあったイギリスの政府高官で、しきたりと権力愛に鍛えられて厳しく、野心的だった。そして彼女と共にいる時だけ弱く、なすすべを知らなかった。彼女が愛したのはそれであり、彼を苛立たせたのはそれだった。彼女は絶えず自分自身に男たちへの支配力を証明せずにいられなかった。

戦争（訳注：第一次世界大戦）に先立つ歳月の中で、彼女の美貌は幸福、あらゆる欲望の充足だけが女に与える完璧の域に達した。クロードとテレサの息子、オリヴィエ・ボーシャンはまだほとんど思春期の少年だったが、一九〇七年、彼女がパリを通った時彼女の家に迎えられた。彼が見たのは、顔と肉体は二十歳並みに美しいが、自信と幸せな安らぎを満喫する一人の女性だった。彼女は自分に恋する男たちに囲まれていた。誓い、哀願、涙、彼女はそうしたものに酒飲みがワインに慣れるように慣れていた。そしてそれに飽きるどころか、その甘い毒を自分を生かす唯一の糧のように必要としていた。彼女はそのことを隠さなかった。

女は決して飽きず、疲れを知らぬ小動物であり、野心家が名誉に、貪欲な人間が黄金に飽きても、女は女の仕事を決して放棄しないと思っていた。彼女が老いを思う時、それはまだ恐れずに正視できるほど自分には遠いようで、死は快楽が果てる前に来ると思われた。

そうする中で、彼女の傍らで彼女の娘、幼いマリー＝テレーズが成長していた。きれいな娘だった。みずみずしい色白の肌、長くて真っ直ぐな金髪、この年頃の胸を打つ優美さを持っていた。この年頃では美しさがまだ表情ではなく、顔立ち、肌の肌理《きめ》にあり、それでも眼差し、半分開いた唇の周りに、感情そのものというより、その目覚め、予感が脈打つ。人は娘のことをこう言った――〝この娘は決して母親みたいにはならない……決して母親にはかなわないさ……〟娘はそれほど美しい母親につき従い、グラディスを取り囲む誰もがそうであるように、彼女を喜ばせ、彼女に仕え、彼女を愛することしか願わなかった。

4

一九一四年、グラディスはアンチーブ近郊の美しい屋敷に住んでいた。ドルチェボーネ伯爵が所有していた住みにくいイタリア風の建築で、サンスーシ（訳注：Sans -Souci 患いなし＝気楽の意）という名前がついていた。彼女は微笑みながら言った。

「この名前だけで借りたの。これには人生の知恵が全部詰まっているのよ……」

部屋はひんやりして広く、家具にはくたびれた赤いダマスク織が掛っていた。だがくすんだ壁が南仏（ミディ）のまばゆい陽光を和らげ、グラディスはそれが好きだった。毎朝目覚めて手鏡を取り、自分の姿を眺める時、自分の顔にそっと射す熱い影を楽しんで見た。

春になったばかりで、空気は暖かかったが、高台から叩きつけるような強風が吹き下ろした。

三月のその朝、グラディスはゆっくり目覚め、普段通り、目を開ける前に、無意識に手で鏡を探した。女になって以来、最初の動作、目覚めて最初に思うのはそれだった。長い間彼女は自分の顔をいとおしげに眺めた。美しい髪の金色は穏やかになり、今はこの時代〝灰白色〟と呼ばれた薄っすらした色になっていた。片手で乱れた髪をかき上げ、白くて長い首を傾けた。大きな黒い目はいつも一種秘密の愉しみをこめて讃美する者たちに微笑みかけるように見えたが、一人でいる時は、少しづつ悲し気に、深くなって、力を失い、見開かれて定まらぬ瞳はそれに奇妙で不安な印象を与えた。

グラディスは自分の美しさを深く意識し、それが彼女から去ることはなかった。毎日どんな瞬間でもそれを心の安らぎのように感じた。彼女の生活は単純だった――服を着て、喜ばせ、夢中になる男をまた見つけて、着替えて、喜ばせて……時折、彼女は思った――〝私は四十……〟戦争前のその時、それは恐ろしい年齢、〝限界の年齢〟だった。彼女のように、四十歳で美しさがそのまま無傷でいる女は稀だった。

だが直ぐに、彼女は眉をひそめ、忘れようとした。彼女はこんなに美しかった……忘れることは容易《たやす》かった……

女たちが来てはまた去って行った。彼女は誰もが自分のパッとしない写しに過ぎず、自分のドレス、気まぐれ、微笑みを真似する女たちにいつも囲まれていた。グラディスは貪るように自分に差し出される厚化粧の顔の一団、通りかかりに宝石がぶつかる音、羨望と憎しみに満ち、偽りに輝く眼差しが好きだった。そこに夢中になった男たちの目の中以上にオマージュを読み取ることができた。女たちは彼女の行動を探った。コルセットの中で強張り、窮屈な自分たちの体をグラディスのように無頓着に優雅に傾けようとした。女たちは一団となってカンヌからモンテカルロに行き、ミミ・メエンドルフの家、それからクララ・マッケイの家かナタリー・エスレンコの家に姿を現した。彼女たちはお互いから、とりわけ一番富裕で一番恵まれたグラディスから男を奪うことしか考えていなかった。ぺちゃくちゃしゃべり、笑い、さえずり、すかさずグラディスの頬にキスしようと身を屈めた。

「ああグラディス、昨日の晩、あなたはなんてきれいだったんでしょう……」

薔薇を金のピンで止めて飾った大きな帽子がグラディスの周囲で上がったり下がったりした。シーズン流行《はや》りのルイ十五世風の丈の高いステッキがサンスーシの響きのいい敷石を叩いた。

グラディスは美しい目を半分閉じて、微笑みながら友人たちを眺めた。時折、彼女たちの側で自分が得ているかなり低級な歓楽に気がとがめた。

〝でもともかく、この人たちは私を楽しませてくれるわ〟と彼女は思った。

その日はグラディスの支度ができたとたん、リリー・フェレールが入って来た。バイエルン生まれの彼女は大柄で逞しく、厚化粧した仮面のような顔をして、しゃがれて気に障るしゃべり方をした。グラディスは彼女が他の女たちより好きだった――彼女は自分より年長の女たちには異様なほど寛大で、優しい哀れみの思いを抱いていた。

二人はキスを交わした。時折、二人は内緒話をした。だが気まぐれで、浮ついた女の流儀で。本能的に自分の一番秘密の思いは隠し、冷やかしかため息で思わずそれを明かした。苦い経験を軽い話題に包み、ほんの少量のお香か塩のように空しい言葉に香りをつけた。

話は昨夜の舞踏会のことから始まった。グラディスは笑いながら語った。

「ナタリーは先週から私がどんなドレスでどんな宝石にするのか知ろうとしてうるさかったの……相手がうっかり結婚しちゃった中欧のしたたか者よ！……私が答えようとしないんで、彼女、私が伝説のゴルコンダ（訳注：ダイヤモンド鉱山で知られたインドの古都）の宝石を着けると思って、自分のも全部見せびらかしたわけ。あの人、聖遺物が入った箱みたいに光り輝いてたでしょ」

グラディスは自分の白いドレス、宝石一つ着けないむき出しの腕、結婚指輪しかはめていない指と、ダイヤモンドの鎧《よろい》に押しつぶされたナタリーの狂暴な眼差しを思い出し、笑いながら言った。

「このシーズンは素敵?」

「死ぬほど退屈だわ……でもグラディス、あなたはどこに行きたいの?」

「分からないわ。発ちたいけど。しばらく前から心が塞いで、疲れてるの。酷い倦怠を感じるのよ」

彼女は自分の言葉を探しながら軽く言った。そして直ぐにゆっくり肩をすくめた――「そう、そんなふうで……」

「でもどうして?」リリー・フェレールは目を細めて言った。

「恋をしてるの?」

「まあ! まさか……違うわ……私はマークに忠実よ……」

リリー・フェレールは顔を乗り出した――

「二十歳であなたを愛して、今のあなたの顔立ちを通して、あなたの二十歳の顔を未だに見てる男たち、ああいうのは代わりが見つからないわね」

「そうね」グラディスは言った。

彼女はリチャードを決して忘れない、代わりはいないと思った……彼は二年前に亡くなり、その日から彼女の人生は全て変わった……どうして?……ああ! それは……言いようがない……当初は自分がどれだけのものを失ったか分からなかった。彼女は思った――〝マークが……〃でもだめ、誰もリチャードには代われない……二人の人生は全て大型客船とホテル住まいで流れた。彼は二人が到着したばかりのニューヨークのプラザホテルの部屋で死んだ。真夜中にいきなり彼女が眠っていた部屋に入って来て、ベッドに倒れ込んだ。驚いて目を覚ました彼女は、自分の方に傾いた蒼ざめた顔を見た。その目に初めて弱々しく、優しい表情が浮かんでいた。彼女は窓の下のニューヨークの喧騒、カーテンの間から射し込む、灯台の光のような断続的で激しい光を覚えていた。彼は言った――

「誰も呼ぶな。お終いだ」

彼女が最後のキスを受けようと彼を腕の中に抱えると、彼はなおも呟いた――

「可哀想に……可哀想に……」

その時、彼女は分からなかった。彼の手を掴んだ。だが彼は身を強張らせ、死んだ……幸福とはなんと恐ろしい贈り物か、あまりに完璧な、あまりに途方もない、そしてそれも終わる、全ての物事が終わらぬはずがないように……その日以来、彼女は目に見えない兆《きざし》に、自分にとって昼間の輝きが揺らめき、消えていくことを予感し始めた。

数か月後、彼女は二人が結婚していた間中、彼に愛人がいたことを知って愕然とした。年輩の女優で、彼が経済、政治事情を全て打ち明けられる相手だった。彼は遺言書でその女に年金を払うことをグラディスに課し、彼女は細心にその遺志を果たした。確かに彼は彼女を裏切り、彼女自身も彼に対して不実だった。それでも彼女は彼と共にいて幸せだった。誰とであれ、あれほど幸せにはなれない……

彼女はため息をつき、悲しく庭園を眺めた。窓の下で暗い色をした小さな薔薇が育っていた。彼女はそれに微笑みかけた。薔薇が好きだった。

リリー・フェレールが尋ねた――

「あなた、カラーのヘアピースはお好き？」

「いやよ、ぞっとするわ！……昨日の晩、ロールのを見た？　なす色の。ビリビーヌ家の人たちはなんで出て行ったの？」

「ギャンブルで負けたのよ」

「ギャンブルに情熱を持つ女って、私、幸せだと思うわ」

「幸せ？　幸福についてあなたが何を言うの？　あなたこそ幸せでしょ、グラディス」ため息交じりに老女は言った。

「でもあなたにはまだそれが分からない。私の年になれば分かるでしょ。結局この世には一つの真実、一つの幸せしかないの、それは若さよ。あなたおいくつ？　やっと三十でしょ？　きっと……それなら十年は幸せが残ってるわ。四十っていうのは、それはもう恐ろしい年齢よ。その後は慣れて、もうそれほど欲しがらなくなるけど。ささやかな歓びを味わって」

彼女は自分の恋人を想ってため息をついた。

「でも四十じゃ自分が老いて行くのが分からない。幻想の中で、自分は二十歳《はたち》、永遠に二十歳でいるって思うの。それで突然、ショックが来るのよ、一人の男の言葉、眼差しでも、結婚したがる子どもでも、何だっていいわ。ああ、それは恐ろしいものよ……」

グラディスは身震いし、無理やり笑ってそれを隠した。

「私みたいになさい。流れた年は数えないこと、そうすれば、軽い跡が残るだけよ……」

「そう思う？」老女は疑わし気に呟いた。

グラディスはいきなり言った――

「私、ローマに行きたい……一緒に発ちましょうよ……」

「じゃマーク卿は？……着いたばっかりのマーク卿とどうやって別れるの？」

「彼は私について来るわ」

「あなた、どうやるの？　子犬みたいに男たちをひもでつないでおくためにどうやるの？

私だって若かった、きれいだったわ」彼女は大鏡に顔を向けながら言った。

「それでも恋は私を不幸にしただけ。でも、この世に他に何があるかしら？」

「私、恋は好きじゃないわ」小さな声でグラディスは言った。

「でも、だったら、あなた？……」

「だったら？　何故マーク卿が？」

「マーク卿や他の人たちや……」

「他の人たちなんていないわ」グラディスは言った。

「おやおや」老女は自分には恋が終わろうとしている時に恋を語る女たちの熱く、秘めやかで、官能的で、恥ずかしげな調子で呟いた。

「いないわよ」微笑みながらグラディスは言った。

彼女はゆっくりむき出しの腕に白粉を着けた──

「人生は結局は悲しい、そうじゃないかしら……ある陶酔、熱中の時があるだけ……夜、テラスで、ちょっと酔わせる軽い音楽を聴くような……それともダンス……ああ！　説明できない……でも幸せってそれ、人が求めるのはそんなものよ……」

一人の女が黒テンの毛皮を一山腕に抱え、乱暴に揺すりながら入って来た。グラディスが長年知っている、化粧品売りのカルメン・ゴンザレスだった──グラディスが姿を現す至る所で、マッサージ師、美容師、化粧品売りが直ぐに輪になって彼女を取り巻いた。

カルメン・ゴンザレスは背の低い小太りの老女で、粗野でむっつりした顔をして、逞しい腰にぴっちりしたくたびれた黒いサテンのドレスを着て、髪の上に真っすぐ載せ損なった黒い藁の帽子を被っていた。

グラディスは快く彼女を迎え入れた。グラディスはいつも優しくチャーミングで、誰でも喜んで彼女にサービスした。だがグラディスとでさえ、ゴンザレスは厳しく、疑り深い表情を保ったままだった。それが顧客にうやうやしい恐れを抱かせた。勇敢な女で、疲れや不幸を感じると歯を噛み締め、一段と働く庶民の女の不愛想な勇敢さを持ち合わせていた。マッサージ師で、助産婦で、化粧品売りだった。時折、珍しくマッサージの最中に感情を表す時、彼女はため息交じりで身を起こし、クリーニング屋の仕草で裸の腕で額に流れる汗を拭き、束の間の微笑みに顔を輝かせて言った――

「一体何が分かった？　あなたたちに……私は見たのよ……」

彼女は薬草と樟脳の匂いがする三つの小部屋に住んでいた。そこは朝から晩まで自分の順番を待ち、お互い知らんぷりをするベールを被った女たちでいっぱいだった。指輪が肌に食い込んでいる俊敏で分厚い彼女の手は、どんなくたびれた顔も作り直すことができた。これ、皺を消し、古い肉の切れ端で空しい仮面を彫って。

彼女はギャンブルで破産した高級娼婦からドレス、宝石、毛皮を仕入れ、常連客に売った。グラディスは黒テンの毛皮を見た時、首を振って、そっとカルメンを押しのけた――

「いえ、いいえ、私、何も買いたくないわ」

「とにかく見なさいよ」老女は言った。

グラディスは振り向いてリリー・フェレールに話しかけた。リリーは小さな声で彼女に哀願した――

「ジョージに話して……分からせてよ、私が彼に殺されてしまうって……女の我慢には限界があるわ。彼は意地悪じゃあないの。だけどほんとに浮気で、ほんとに残酷で……通りかかる女に全部そそられて……」

「まあまあ」グラディスは美しい肩をそっとすくめながら囁いた。

「ああ！　リリー、もっと賢くなって……苦しんで何になるの？」

「でも愛が」老女はため息をつき、白粉を塗った頬に涙が伝った。

「彼はあなたをとても愛しているわ……」

グラディスは自分の手の中でリリーの手を握った――

「私の言うことを聞いて……」

彼女は愛を語り、恋の打ち明け話を聞き、涙を乾かしてやるのが好きだった。慰め、宥《なだ》め、くすぐることを知っていた。唯一恋だけに興味があった。その他のことには穏やかな無関心しか感じなかった。

ようやくリリーは落ち着いたようだった。グラディスは彼女を一人残し、隣の部屋で待っていたカルメンにもう一度会いに行った。

「これに興味おあり？」黒テンの毛皮を示しながらカルメンは尋ねた。

グラディスはその美しい皮をそっと撫ぜた――

「いいえ、新しい毛皮は必要ないわ。それにしても、きれいねえ……」

「セリーナ・メラーのものだったの」

カルメンはかつて名をはせた年老いた高級娼婦の名を挙げて言った。

「ずっと昔に恋人の一人がロシアから持って来た毛皮の一揃い。彼女は舞踏会用に素晴らしく仕立てたんだけど、六か月前にそれを売っちゃったのよ。これは残った毛皮のいくつかだけど、彼女はこれを取り換え用の襟にするつもりだったの。彼女が持っているもの全部と一緒にもう売られてしまうわ……あなたの白いビロードのケープの襟にしたら凄くきれいでしょうね……」

「セリーナ・メラー？」グラディスは呟いた。「それじゃ彼女、そんなに貧乏してるの？」

「ああ！　そうよ、あの人には何にも残ってないわ」

「とてもきれいだったのに。たった十年前よ」

「あっと言う間ね、あの年になると」

「気の毒な人……」グラディスは言った。

彼女は生き生きとして、繊細な想像力を持っていたが、ひたすら自分自身に向けられていた。しかし、この瞬間、彼女は皺が往年の姿を痛めつけた老女を心に思い描いた。彼女は尋ねた――「彼女はこれでいくら欲しいの？」

「四千フラン、ただ同然ね。でもあの人には選ぶ余地がないのよ。皆、あの人にお金がいるのが分かってるんで、差し出すのは半額だわ」

「分かったわ。ここに置いていって。私が買って、あの気の毒な人に奉仕しましょ」

「いいことね」カルメンは不愛想な声で言った。

「悪い買い物じゃないわ。私には分かるの」

二人を探しに来たリリーが頼んだ――

「一緒にお昼にいらして、グラディス」彼女は声を低めて言い足した。「そうすれば、彼に会えるわ」

「ああ、駄目だわ。娘と食事する約束をしたの。あの子、私と全然会えないってこぼすのよ。もっともでしょ」

「小さな娘さんがいてお幸せね」リリー・フェレールがため息交じりに言った。

彼女はテーブルの上の金の額に入った子どもの写真を見た。

「きれいになるでしょうね。でもあなたのような体つきにはならないわ」

「私よりずっときれいになるでしょ」グラディスは優しく言った。

彼女は気づかぬほどの驚きと、若さの奇妙に心を乱す重々しさをこめて自分を見ているような思春期の顔に微笑みかけた。それは十三歳のマリー＝テレーズの肖像写真だった。整って優しく丸みを帯びた小さな顔をして、まっすぐできれいな長い髪を頭の天辺で黒いリボンで結んでいた。

二人の女は頭を振った――

「いいえ、彼女は決してあなたの魅力は持たないわ」

「まだ子どもよ、厄介な年頃」グラディスは言った。

彼女はため息をつき、そして微笑んだ。彼女自身、心の秘密の中で、マリー＝テレーズの本当の年齢を認めなかった。十八歳、もう一人前の女……だが彼女はこう言い、人にも聞かせ、思いたかった――

〝十五歳……もうじき十五歳……〟

周囲の女たちは皆そんなふうにした。隠せない子どもの年を一、二、三年差し引く。そして少しづつ彼女たち自身が本当の年を忘れてしまい、そうやって女と母の二重の幻想を満足させる……グラディスは娘が成長するのを見なかった。娘と話しながら、娘を見ながら、彼女は心の中でもう自分にとってしか存在しない十五歳の小娘の顔を作り直した。

「夜用の紅《べに》をお持ちしたわ」カルメンは古いバッグから化粧品箱を取り出しながら言った。

「まあ！」グラディスは言った。美しい顔が注意深くなった。

彼女は鏡に近づき、頬に紅を塗り、それから白粉を重ねた。

「そうね、こっちの方がいいわ……どうかしら？　もう一つのは明るすぎたわ。照明にはもっとくすんだ色合いが必要だったのね……」

彼女は熱のこもった重々しい表情で鏡を見ながら、ゆっくりと振り向いた。そして勝ち誇った穏やかな笑みを浮かべて、唇を半分開いた。

「いいわ……そう、いいわね……」

カルメンはその間に立ち去った。彼女の後ろから、ようやく用意ができたリリーとグラデイスがゆっくり庭園を横切った。通りの近くで、空気は薔薇の香り、ガソリンの匂い、高台の冷たく澄んだ匂いを感じさせた。二人の女は車に乗り、車はニースに向かって走った。

5

グラディスにとって歳月は夢のような速さで過ぎた。年をとるに連れて、歳月は一層軽々と、一層素早く消え去るようだった。だが一日一日は長く、重く苦い時間もあった。彼女は一人でいるのが好きではなかった——周囲の女たちのおしゃべりが静まった途端、愛の言葉のこだまが止んだ途端、彼女は内にこもった不安を感じた。

しばらく前から何もかもが彼女をうんざりさせ、いらいらさせた。街中でちらっと目にしたある女たちの顔から目を背けた。ミモザを差し出しながら埃の中を裸足で走るきれいな少女たちの野生的な瑞々しさが目障りだった。自分でも驚き、恥ずかしくなるほどつれなく少女たちを撥《は》ねつけた。時々少女たちを思い出して、金をくれてやり、思った。

〝この気候は暑すぎるわ、空気は重苦しいし……いやになっちゃう……〟

大嫌いだった母のことを絶えず思い出した。ソフィー・ブルネラがモルヒネに参って寝ているベッドの閉じたカーテンを夢に見ることがあった。どうにも癒せない奇妙な恥辱を感じた。グラディス・アイゼナハ、美しく、感嘆され、愛される彼女が、時として心の奥底に思春期の悲しみ、孤独を再び見つけた……もしリチャードが生きていたら、彼女はそれを打ち明けただろう……だがリチャードは死んでしまった。

彼女は友人たち誰彼の家に行き、そこで時間を過ごした。だがいつまでもいられず、未だ日中だった。残っているのはドレス、仮縫い、宝石細工の職人の家への訪問ばかりだった。職人の家は坂になった小道の中、公園の側にあり、海の風が吹き込んだ。やっと、夜が来て彼女は生き返ったような気がした。サンスーシに戻り、着替えて、自分にうっとりした。どれだけ彼女がそれが好きだったか……世界にこれよりいい何があるかしら、どんな逸楽が、人を喜ばせる逸楽に比べられるかしら？……喜ばせたい、愛されたい欲望、全ての女に共通のそのありふれた歓びは、彼女にとって、男の心の中にある権力や金銭への情熱のような情熱、歳月が募《つの》らせ、何者も決して完全には癒せない渇きになっていた。

ようやく彼女の支度が整った。マリー＝テレーズの部屋に入り、滑らかな皮膚の下に熱い血が流れているのが分かるきれいな頬に優しくキスした。彼女は愛情をこめて自分の娘を眺めた。少なくとも母親の目に、マリー＝テレーズは素敵に子どものままだった……グラディスは彼女に一人の思春期の少女以上、思春期のシンボルそのものの装いをさせた。平たい靴、長いが真っ直ぐで飾りのないスカート、肩になびくほどけた髪、金の細い首飾り、そのぎこちなさ、その優美さ。

〝この子は本、犬たち、公園の散策しか好きじゃない、まだ人見知りで、内気で……〟

彼女は思った――

〝あと二、三年したら、私、この子にかかりきりになりましょ……この子は踊って、楽しんで……ああ！　私は冷たくて、厳しい母親にはならない……この子の友だちになるの、この子は私に何でも話すでしょう……この子は幸せになるでしょう……でもまだ早すぎる！　この子はまだ幼すぎるわ……内気で……繊細で……この子は私みたいにうぬぼれ屋で移り気になっちゃいけない……〟

彼女はマリー＝テレーズに言った。

「娘が煙草を吸って、お化粧して、女の真似をするひどい子だったら自分がどうなっちゃうか、私、分からないわ。あなたは厄介な年頃も関係ないわね……調和のとれた子どものまね……」

マリー＝テレーズは母親に言わせておいた――彼女は往々にして非常に奇妙な形で厳しさと結びつく若者の深い寛大さを持っていた。老いて行く母の恐れを理解していた。グラディスが意識する前でさえ、それを理解し、予感していた。彼女は母を哀れんだ。そして何より自分をとても若いと感じていた。目の前にまだ生き急ぐことがないほど充分に長い道が見えた。

彼女は母にキスを返し、言った――

「なんてきれいなの……ママ……とってもきれいなドレスね。妖精みたいにきれいだわ……」

そしてグラディスは舞踏会に出かけた。かつてのように、輝いて、幸せに。彼女はそれ以外、ロンドンとパリの最も華やかな舞踏会も知っていたが、イギリスやフランスの凝り固まって変わらない社交界の全てを何より恐れた。そこでは毎晩同じ顔触れに会い、同じ言葉を繰り返し、それが十五年、二十年に渡って……

ここでは、少なくとも、シーズンごとに波が変った。

この晩、彼女はカンヌのミドルトン家に招待されていた。彼女は入って、自分に羨望の眼差しを向ける女たちに微笑んだ。見事なプラチナブロンドの小さな頭をそっと傾けた。情熱が満たされた安らぎ、なんであれ毒が体を喜ばす瞬間を吸い込んだ。ビロードの服を着て、ダイヤモンドの首枷で首を絞めつけ、唇をきゅっと引き締めて自分に見とれている老女たち、パルカ（訳注：ローマ神話の生死・運命を司る三女神）の面々を哀れみをこめて見下ろした。マーク・フォーブス卿が目に入った。彼の夫人が、彼から遠からぬ所に坐っていた。

フォーブス夫人はハーフォード侯爵夫人の令嬢で、その莫大な富と名声はマーク卿の政治的キャリアに役立った。彼女は夫の不倫関係を知っており、それに悩みながら、裏切られた妻のあらゆる武器を駆使して抵抗した。中でも最も恐るべきは、絶えず離婚を持ち出してマーク卿を脅すことで、それはマーク卿を失脚させる可能性があった。夫人とグラディスの間にあって、マーク卿は苦境に陥っていた。何か月も前からグラディスは彼の中に彼女の願望への微かな抵抗、彼女を苛立たせ、不安にさせる冷たさを感じていた。

〝彼、見向きもしない〟直ぐ自分に挨拶に来ない彼を見ながら彼女は思った――

〝お好きになさい、私のいい人……〟

男たちが彼女を取り囲んで、ダンスを願い出た。彼らの中にオリヴィエ・ボーシャンがいた。彼女は彼としばしば会っていた。テレサはしばらく前に亡くなり、クロードはスイスに住んでいた。グラディスはオリヴィエをディナーに招き、さりげなく淑《しと》やかに言い添えた。

「マリー＝テレーズはあなたがとても好きなの。もっとちょくちょく来てくださらなきゃ」

「戻って来る者がいます。再会を待っていてください」

「誰のこと？」

「父です」

「そんなことがあるの？　つまりあの人、ヴヴェイを離れるの？」

「ああ！　違います。余生はあちらで過ごすと思いますよ。他所では生きられないとはっきり言っています。でも仕事でパリに来なければならず、こっちに一日寄るんです」

「なんていいお知らせかしら……」

彼は彼女に頼んだ。

「ダンスしていただけますか？」

彼とワルツを踊り、彼女はサロンが息苦しいのでテラスに腰かけに行った。日中の日差しでまだ生暖かいバルコニーの石に肘を着いた。マーク卿がようやく彼女の方に来るのが見えた時は遅くなっていた。

彼女は尋ねた――

「奥様はお帰りになったの？」

「家に連れて行ったところだ。それで君を探しに戻ったんだ。まだ残っていたい？」

嬉しげに気だるげに優美に彼女は美しい目を半ば閉じた――

「まあ、とんでもない……私、疲れたわ……」

「じゃあ、出よう」

二人は立ち去った。夜が終わっていた。マーク卿が言った。

「グラディス、君に話があるんだ……」

「今？……私、帰るわ。五時よ」

「是非ともだ」彼は呟いた。

彼は彼女と車に乗った。海沿いの道を二人はゆっくりアンチーブに向かって車を走らせた。

彼は言った。

「グラディス、聞いてくれ。愛情とは言わん。君は私にそんなものは一度も抱いたことはない。だがわずかでも友情を感じていれば、私を哀れんでくれるだろう。私は極度に苦しんでいる」

彼女はそっと肩をすくめた――

「まあ、マーク……」

「妻が……」

「ええ、マーク……分かっているわ……」

彼女は彼が疚《やま》しさと恐れに苛《さいな》まれていることを知っていた。彼はユダヤの庶民の出だった。折あるごとに夫人の家族に支えられていた。だが夫人はグラディスと別れるように、今日まで彼がやっていたように、ヨーロッパ中グラディスに着き従うのを止めるように執拗に言い続けた。

彼は懸命に絞り出した――

「離婚したら僕は生き残れない、イギリスじゃあ離婚はスキャンダルだ……どうしよう、グラディス？　僕の人生は君の手中にある。僕ももう若くはない……」

「馬鹿馬鹿しい」彼女は静かに言った。

彼女は彼の手を取り、自分の体を彼に寄せた。だがマーク卿は尻込みしたり困惑した素振りを見せなかった。彼は疲れて病気のようだった。彼女はがっかりして彼を放し、彼から身を遠ざけた。傷ついたプライドで、涙がこみ上げた。一種の羞恥から彼女は顔を背けた。彼は驚き、女が自分の悲しみを隠すことは滅多にないと思った。彼はもう一度言った――

「どうしよう、グラディス？」

「私たちが知り合って以来、この状況はあったじゃないの」

「だがそれが耐えがたくなった。僕は君を愛しているが……」

彼女はいきなり手を上げて彼をさえぎった。マーク卿はその手が震えているのを見た――

「そんなこと言わないで」

「おお、グラディス！　僕は君をとても愛していた」

「そうね。それが真実よ。あなたは嘘を言ってない。あなたは私を愛していたわ、でもこの一年、あなたにほとんど会えない。あなたは冷たくて、逃げ腰で、捕まえられない。そう、あなたはもう私を愛していないのよ」

「グラディス、遅かれ早かれ、人生は僕らの中の一番熱い情熱さえ消すんだ。僕は疲れた。それが真実だ。もう嫉妬する妻、その非難、疑いと戦えない。子どもたちは母親のために激しく僕を責める。君の幼い娘は君が大好きだが、君は愛した子どもがどんなに残酷で容赦ない審判になれるか知らないんだ……」

彼女は彼の話を聞かず、俯いた。彼は呟いた――

「話を聞いていないのか？……」

「いえ、聞いてるわ……」

彼はいきなり真剣に言った。

「グラディス、僕は君と別れる前に死のうと思った。だが神はそのお恵みをくださらなかった……」

「奥様の勝ちね」グラディスは呟いた。

「それがどうした？　妻はシンボルに過ぎん。僕が充分受け取る資格のある平穏のシンボルに……」

「自分の幸福ばかり考えるのね……」

「グラディス、何年もの間、僕は君のことしか考えなかった。引き換えに君は僕に何をくれた？　君は愛されるがままだった」

彼女は頬を被う涙を見せながら彼を振り向いた。だが彼は悲しく彼女を見つめた——

「ああ！　グラディス、君はどこまで女なんだ……僕がようやく断ち切る力を出すと、君には僕が大切になり始める……もうじき僕を失ったことを後悔するだろうな」

「私、あなたにいっぱい愛情を持っていたわ……」

「僕は、僕は君を熱愛した。だが君は熱愛されることに慣れ切っていた……あの徹底した無頓着、本当に穏やかな傲慢さ……どんなに僕が君を愛したか……」

彼女はいきなり怒りに駆られて言った。

「まあ！　私のことをそんなふうに言わないで。私が死んで、私のお墓で嘆いてるみたいじゃないの……でもどうしてあなた、ニースに来たの？……来ることなかったのに……あなたは政治と同じで愛でも伝統主義者なのね……愛をバレエみたいに扱うのよ、お決まりのクラシックなステップ、誘惑のステップ、情熱のワルツ、破局のアレグロ……私たちアレグロで踊ってるのね……何も言わず、手紙も書かず、万事決着すべきだったわね……私、ほとんど気づかなかったでしょうに……」

「君は僕を惜しんでくれるか？　グラディス」

「なんであなたは行ってしまうの？」彼女は彼の質問に答えずに言った。

「なんで私と別れるの？　私に言いたいことが他にあるのね。他の女を愛してるの？　それを言って。私がもともと嫉妬深い性質じゃないのは知ってるでしょ。それを言って。それであなたは私を恐ろしい考えから解放してくれるのよ」

「それは？」

「私、年をとったかしら？　マーク」彼女は唐突に尋ねた。そして直ぐに困惑と恐怖の身振りを抑えた。

〝なんで私、こんなこと言ったの？〟彼女は思った。〝そんなことない……私は若い、若いわ！……〟

彼は頭を振った――

「僕には分らん。男が愛する女の顔を見ると思うか？　顔よりもっと遠く、もっと深くを見るんだ。こう考えながら――彼女は今日僕をもっと苦しめるか？　ようやく僕を苦しめるのに飽きるか？　彼女は僕を愛すか？　分かるな、愛の真っ只中でも、人は己ばかりを考え続ける……」

二人は到着した。昇った太陽が屋敷を照らしていた。彼は彼女と小道を何歩か歩いた。彼女は一度も経験したことのない苦しみを感じていた。だが誤解してはいなかった。それが愛ではないことがよく分かっていた……彼女は愛されたいという猛烈な渇き、プライドが満たされる心地よい安らぎ以外決して感じたことがなかった。彼女はこう思いながら彼を見た――

〝もし私が彼にキスしたら、もし彼が私を腕の中できつく抱きしめたら……でも駄目ね、そんなの私らしくない……彼は発てばいいわ……私はきれい、私は若い、別の人が来るわ……〟

彼女は彼に手を差し出した――

「さようなら、マーク」

彼は身を震わせた。一瞬、彼女は自分の彼に対する力と自分の敗北を測ることができた。彼は先ず彼女の手を取ることを躊躇い、それを掴むと、敢えて唇に運ぼうとせず、自分の手の中で長い間握り続けた。だが遂に彼女の指に口づけし、俯いた顔を上げた時、彼は落ち着いていた。そして静かに言った――

「さようなら」

そして彼は去った。

6

「あなたは絶対年をとらないわ、まだ完璧にきれいだった時に手当を始めたから」グラディスの長いきれいな脇腹を揉みながらカルメン・ゴンザレスは言った。

だがグラディスはそれでは不足だった――彼女は熟年のもろく、切なく、危うい美しさを求めていなかった。本当の青春の輝き、人も羨む勝利が必要だった。路上で最も目立たぬ通行人が自分を振り返った時、三月のニースの夜、銀色の降りしきる雨の音の中で、アーケードの下で小さな花売りの〝まあ、美しい、ああ！　なんてあなたは美しいの！〟という声が聞こえた時、彼女は安らぎ、ほとんど肉体的な充足感、愛を交わした後のような充足感を感じた。

今、彼女はリリー・フェレールの存在をなんとか我慢していた。友人の顔の皺をぞっとしながら眺めて彼女は思った――

〝この人まだ五十だわ、結局、私より十歳上なだけ……十年なんてあっという間……〟

彼女は慄き、その考えを振り払った――

〝若いままでいたい。他の人たちのようにはなりたくない、「今なお美しいグラディス・アイゼナハ」なんて言われたくない〟

それにしてもどうして人はそう言うのか？　一体誰が彼女の本当の年を知るだろう？　彼女は若かった。やっと三十に見えた……これからも長い間そう見えるだろう……三十歳……それが既に彼女には行き過ぎた歳だった。ロンドン、ボーシャン家、二十歳の自分を思い出した……彼女がもう一度感じたかったのはそれだった……自分の心の中で聞こえる、からかい、脅すような声を彼女は押し殺そうとした――〝終わりよ、それは終わったの……あなたはまだ長い間きれいでちやほやされる、だけど、もう昔のようにじゃないわ……あのひりひりする歓び、あの勝ち誇った嬉しさは一度しか味わえない……諦めなきゃだめよ……〟

〝でもなんで？〟彼女は思った――〝何が変ったの？　マークが私から去った……いいわ、他の男たちが来るわ〟

だがマークは彼女から去った……人生で初めて、男が自分から去った……敗北の冷え切った風が彼女の胸をかすめ過ぎた……でも、いえいえ……他の人が来るわ……彼女はクロードを思った……どれだけ彼が彼女を愛したか……多分まだ愛している？……私に会ったとたん、私の顔を見たとたん、彼は私のもの……恋、男の欲望、震えるあの手、自分に奉仕する熱情、恋焦がれ、嫉妬するあの眼差し、彼女は絶対にそれに飽きないだろう……

五月、クロード・ボーシャンはニースに着いた。グラディスは自分ではそうと認めず、恥じてこらえたものの、辛く待ちきれぬ思いで彼を待った。

〝楽しむだけよ〟彼女は思った。〝彼がまだ私を愛しているか、また私を愛すか、それを知るのが楽しみだわ……気の毒なクロード……〟

そして彼女は夢中になって自分の体と顔を飾り立てようとした。ボーシャンはサンスーシで、彼女と二人きりでディナーを摂ることになっていた。

七時に、彼女はもう鏡の前に坐って化粧していた。春の美しい夕暮れ時だった。空は緑の水晶のようだった。彼女はロンドンを、コヴェント・ガーデンに咲く薔薇を、舞踏会の後の夜明けの帰途を思い出した……なんとまだ無邪気だったか……彼女は記憶の中で、身頃に薔薇の房をあしらった白いドレスを着た金髪の少女を思い描いた。少女はテレサに言った――

「テス、あなたには分からないわ。あなたは違うんですもの。あなたは人生を冷静に通り抜けるの。私は自分の人生を燃やし尽くして消え去りたいわ……」

〝今の私はもっときれい〟彼女は更に思った。〝彼に子どもだった私のイメージを求めて欲しくない、今ある女を愛して欲しい……私、自分の若さが妬《ねた》ましいわ〟彼女は呟いた。

彼女は目の前でメイドが尋ねるのを見てびくっとした――

「マダム、どのドレスをお召しになりますか？」

彼女は答えずにメイドを見て、それから、ため息をつき、言った――

「ピンクのドレス、それに真珠を……」

彼女は宝石を運ばせた――クロードが恋焦がれた小娘とは違う、花開いた美と輝きの中で、あり得る最高の女として姿を見せたかった……彼女はメイドの後からマリー＝テレーズが〝青髭夫人のお部屋〟と呼んでいるドレスルームに入った。長い紐につるした電灯を取って箪笥の前に運んだ。毛皮から軽いナフタリンの臭気が洩れた。彼女はおそろしい悲しみを感じた。唐突に言った――

「いいえ……どれでもいいわ、でも白いのを……」

とうとうボーシャンが到着した。彼はあまり変わっていなかった。ただ髪の毛だけが白くなっていた。二人きりでテラスの前でディナーを摂った。劇場の舞台装置のような設《しつら》えのサンスーシは、夜にはより簡素で、ほとんど鄙《ひな》びた優美さを感じさせた。広い散歩道の楽器の形に剪定《せんてい》された櫟《いちい》の木はとっくに暗闇の中に姿を消していた。蛙の鳴き声が聞こえ、干し草のかすかな匂いが空気を横切り、薔薇の香りと入り混じった。

彼女が尋ねた――

「ヴヴェイに戻って暮らされるって本当？」

「そう、もうあそこを離れたくない……」

「もう離れない？」オウム返しに彼女は言った。

「君は驚くのか？　グラディス」

「そうね、今は気の毒にテスが亡くなって、オリヴィエはパリに住んでいて……」

「あそこに愛着があってね」

彼女は微笑んだ――

「クロード、あなたは変った人ね。私の従兄で一番近い親戚なのに、街の通行人みたいに分からないわ。どうして残りの人生をあんな辺鄙《へんぴ》な小さな村で過ごしたいの？　一人で、一人っきりで？」

彼女はひそかな恐れをこめて繰り返した――

「一人で……なんて恐ろしい」

「君は孤独が怖いか？　グラディス……君は変らんな」

彼は興味深げに彼女を見ながら言った。

「なんで変わるの？　女は変らないわ」

彼は何も言わなかった。彼女は彼の前に腰かけていた。俯き、その手で白く華奢な首に巻いた真珠の首飾りをゆっくりとても優美な仕草でいじった。彼女はまだきれいだった。ひ弱で、不安げで、いじらしかった。だが幽霊、彼が愛した少女の蒼ざめた亡霊だった。ここ何年の間に、彼は幾度となく彼女と会っていた。彼女は決して、彼のことを思ってもみなかった。会うたびに彼が目にする彼女は、新しい衣装や恋で忙しく、彼に一瞥もくれなかった。確かに、今日の彼女は違い、彼の気を引こうと躍起《やっき》になっていた。だが彼は……長い間秘め、長い間心の中に閉じ込めた愛は、年をとるにつれて苦くなり、腐り、苦い怨念に姿を変えていた。彼は思った――

〝私は自由だ。私は解放された。私はもうこの女を愛していない〟

「マリー＝テレーズに会いたいな」彼は言った。

「私たちにおやすみを言いに来るでしょ」

「今、いくつになった？」

「まあ！　あの子の年なんか聞かないでよ、クロード。私、それを忘れようとしてるんだから。それしか言えないわ」彼女は呟いた。

彼女の手が震えた。自分でそれに気づき、長い間、きつく互いに締めつけた。

「いい友だちか？」

「そうね、確かに」グラディスは言った。

彼女は努めて微笑んだ――

「あの子は私にとっても優しいの、愛しい娘よ……無分別な若さの年頃だけど、落ち着いて、理性と経験があって賢いの！……あの子が私にどんなふうに接してくれるか、あなたには想像もつかない……舞踏会の前にはあの子に自分の姿を見せなくちゃならないの。私がドレスや宝石を選ぶのに、あの子がどんなに厳しく手直しするか、分かってくだされば」

「彼女は君にとって母親なのさ」ボーシャンは冷ややかに言った。

グラディスはゆっくりと美しい肩をすくめた――

「あなた、私を馬鹿にするのね。でもあの子が私に対して持ってる愛情に何か母性的なものがあるのは本当よ。とにかくあの子は狂ったように私を愛してるわ……素敵なことを言ってくれるの——ある日、もう何故かは覚えてないけど、こんなこと言われて涙が出ちゃったわ——〝可哀そうなママ、あなたは人生が分かってないわ……〟って」

「そうか」ボーシャンは言った。「そいつは面白い……」

再び二人は黙った。とうとう彼女は溜息をついた。

「あなたに会えて嬉しいわ。あなたは？　以前、あなたは私から逃げ腰だったけど。どうして？」

「君は恐ろしいほど女だよ、グラディス」

「なんで？」

「君は決して察することで満足しない。君は知りたがる」

「二十年の間」彼女は微笑みながら言った。「私、何一つ聞かなかったわ」

「グラディス、君はがっかりするだろうが」彼は声を潜めて言った。「君は私が君に夢中だったと言わせたがってる。確かにその通りだ。だがな、私が今でも君を愛するかどうか知りたいか？……それならノンだ。終わったんだ……さあどうする？　何事も永遠じゃないんだ……」

「それ確かに本心なの？　クロード」彼女は微笑みながら言った。だが鋭い痛みが心を通り抜けた。

「グラディス、君はまだきれいだ。だが私は君を見ても、もう誰だか分からん……他の人間にとっては、おそらく、君はまだきれいで魅力的だろう。私にとっては君はかつての君の幽霊に過ぎん。やっと私は解放された、幸せだ、やっと自由になった。私はもう君を愛していない。六月のある晩、ロンドンのバルコニーに立った舞踏会のドレス姿の少女を、私は愛したんだ……彼女はその晩、私を酷く馬鹿にしてくれたものさ」

「ちょっとだけだわ、だけどあなた、復讐するのね、クロード……」

「それすらしない……」

「残酷な人……」

「ちょっとだけな……」

二人は黙って視線を交わした。彼女は頬を手に当てた――

「クロード、あなた、私を恨んでいるのね。あなたが私の人生で、ご自分が思う以上に大きくて大切な役を演じたと知ったら、あなた、嬉しいかしら？　私、一度もあなたを愛したことはないわ。でも、あなたを決して忘れない……私は無邪気な子どもだった。私に初めて自分の力を教えてくれたのはあなたよ。あなたは私を恨んでる。でもあなたはそうとは知らず、私の人生に毒を入れたの。あんな誇らしい酔わせるような感覚は二度と見つからなかった、決して、決して……あの通りの歓びは二度と見つからなかった……私の方こそ死ぬほどあなたを恨まなくちゃならないのよ……」

彼は身を動かした――

「君はからかうのか？」

「さあさあ」底意地悪く残酷な感情に打ち震えながら彼女は静かに言った――

「全ては過去ですって……聞きなさい、あの遠い昔、あなたはキスしたがったわ、ね？で、そうするにはあなたは臆病すぎた？　だったら今、やってみなさい。そうしたら全てを忘れ、許してあげるわ」

「いや」彼は頭を振りながら言った――「君のキスがどんなに甘かろうと、私があれほど長く欲しがった味は決してしないさ」

二人は睨み合った。まるで敵《かたき》同士のように。それからグラディスはゆっくり顔を背けた。押し殺した、悩ましく、奇妙な笑いがちょっと浮かんだ。

「マリー＝テレーズに会いたがっていたわね？」

「そうだ、頼む」

彼女はベルを鳴らし、娘を呼ばせた。そしてマリー＝テレーズが部屋に入るまで、何も言わず、身じろぎもしなかった。顔つきは落ち着いていた。だが時折、唇が軽く引き攣った。マリー＝テレーズとボーシャンが話をし、自分に言葉が向けられると、グラディスは答えた。だが静かで低い、耳に響く自分の声が他人の声のように聞こえた。

〝私、苦しい〟彼女は思った。〝でも私は苦しむことを、望まないし、知らない……〟

7

ボーシャンは去った。グラディスは遠ざかる車の音を聞いた。それからランプが消されたばかりの小さな黄色い蔓棚《つるだな》に出た。暖かい夜で、木犀と海の匂いがした。グラディスは坐って、額を生暖かい石の上にそっともたせ掛けた。

マリー＝テレーズがついて来ていた。二人は何も言わなかった。やっとマリー＝テレーズが尋ねた——

「明かりを点けていい？」

グラディスは頭を後ろに反らした——

「だめだめ……もう寝なさい……行って。私、疲れたわ」

「まあ！　ママ、ここにいさせて。あんまりママと会えないんですもの」

「分かってるわ」グラディスは言った——

「あなたはほんとに悪い母親を持ったものね、浮ついて、だらしなくて。でもまだほんの少し待って。私は年をとって、皆からおぞましく思われるようになるわ。あなたは、あなたはきれいになるでしょうけど」彼女は上ずった声で呟いた。

「今度はあなたが踊って、楽しむ番。私は暖炉の片隅であなたを待つわ。あなたを待って、あなたに見とれて、〝あなた、充分楽しんだ？〟って言うくらいしか楽しみはなくなるわ。

それとも、不機嫌な老女になってこんなことを言うの――〝どうすれば舞踏会が好きになれるの？　どうすれば恋が好きになれるの？　どうすれば人生が好きになれるの？……〟」

とても穏やかな声の中を、耳障りで疲れた小さな笑いがかすめた――

「ああ！　マリー＝テレーズ、約束して、私が老いた、本当に老いたってあなたが思った日に、私が寝てる間に私を殺すって」

彼女はマリー＝テレーズの手を取り、静かに額を揺すりながらその手に傾けた――〝私に必要なのはこれだわ。私を静めてくれる誰か、私を安心させてくれる誰か……もしリリーみたいに、愛することで満足できたら……まだ恋愛できる年頃だとはよく分かってる、でも私が望むのは愛することじゃなく、愛されること、小さくてか弱い自分が逞しい腕に抱きしめられてるって感じること……〟

彼女は何の気なしに尋ねた。

「あなた、私を愛してる？　マリー＝テレーズ」

「ええ、ママ。ママは老いることを恐れちゃいけないわ。私にとってあなたは若過ぎる。もしあなたが白髪で皺があったら、今よりもっとうまく話せそうな気がするの……」

「とにかくもう話さないで」グラディスは目を閉じながら言った――「私、何にも聞きたくない。人生を忘れて眠りたい。ああ！　あなたみたいな少女になりたい。気楽で悩みもなく」

マリー＝テレーズは微笑んで、グラディスの髪にそっと手を当てた——

「ママ、少女はあなたよ」彼女は言った。「私が女。私がしょっちゅうそう言ったのに、あなたは私を信じなかった。あなたが私を知ってる以上に、私はあなたを知ってるの……自分が私の母親だって、あなた確かにそう思う？　小さかった頃、私はそう思っていなかった。もしかしたらその方がいいんじゃないかしら？　私たちほとんど姉妹、お友だちになれるわ……愛を語って」

「愛を？」グラディスはゆっくりオウム返しに言った。

「そうよ。ママ、あなたはどれだけ愛されたでしょう……」

グラディスは不意に立ち上がった——

「寒いわ、戻りましょ」

「寒い？　風も吹いてないのに……」

「私、寒い」グラディスはそう言って、震えながらむき出しの腕で自分の体を締めつけた——「あなたもここにいないで、ベッドに行きなさい。モスリンのドレスじゃないの。風邪をひいちゃうわよ」

「いいえ、そんなことないわ」

「もうお休みなさい。遅くなったわ」

「私、眠くないわ」マリー＝テレーズが言った。

二人ともグラディスの部屋に入った。グラディスは鏡の両側のハート型のランプを灯した。照明は穏やかなピンク色だった。貪るように、彼女は自分の顔を眺めた。彼女の後ろで、彼女の娘が鏡に写った母の姿を見ていた。おそらく娘だけがまだ若く優美な母の顔に、疲れと苦い熟年の徴が初めて現れるのに気づいた。グラディスはいらいらしながら思った――

〝なんでこの子はこんなふうに私を見るの？　なんで私につきまとうの？〟

「ママ」突然マリー－テレーズが言った。「お話しがあるの」

「まあ！　いいわ、話しなさい……」

「ママ、私、婚約したの」マリー－テレーズは母を見つめて言った。

「まあ！　そうなの？」グラディスは静かに言った。

彼女は化粧を落としていた。優雅に丹念に額とこめかみを滑らかにしていた長い指が微かに震え、見開いた目の端で動かなくなった。彼女は前に身を屈め、必死に鏡を眺めた。突然、そこに見知らぬ姿が写っているように。

〝美しいグラディス・アイゼナハ〟彼女は思った〝美しいグラディス・アイゼナハの娘が結婚する……〟

ほとんど肉体的な激しい痛みが彼女の胸を過《よぎ》った。言葉もなく、きつく閉じた唇を引き攣らせて鏡を眺め続けた。まだ美しかった……美しく、魅力的であることに変りはなかった……彼女はいきなり頭を振った。いや、いや、他の人にはそれでいいでしょ……切なく、もろく、年のせいで危うい美しさ、ナタリー・エスレンコにとって、ミミにとって、ロールにとってはそれでいい、でも私には駄目……私に必要なのは、若さ、影一つない絶対的な勝利…… 〝私、諦められない〟彼女は思った。〝それは私のせいじゃない。私は諦めることを知らないんですもの……〟

心の中で皮肉な声が言うような気がした。

〝さあ、あなたは脇に寄って、子どもに道を譲ることを学ぶのね。彼女はあらゆる祭典の最前列で光輝き、母親の影を薄くするわ。彼女の若い顔に、男たちの恋する眼差しが注がれるわ……明日は一人の男がグラディス・アイゼナハのことを話しながら言うのよ――「僕の義母が……」もうじきある日あなたは言うのね――「私の孫たち」って。ああ、いや、いや、そんなことあり得ない。神様はそれほど残酷ではないはず！〟

「それ、本当じゃないわね、マリー＝テレーズ」

彼女は低く震える声で言った。

「そんなことあり得ない、そうでしょう？」

「どうして？　ママ。反対にごく当然よ。私の年忘れちゃったの？　十八よ。一人前の女よ」

グラディスは身震いした。怒りとほとんど狂気の閃光がその顔を過《よぎ》った――

「お黙り！」彼女は叫んだ。「それは本当じゃない！　そんなこと言わないで！　あなたはまだ子どもよ！」

「いいえ、違うわ、ママ。私は子どもじゃない。あなたがお友だちに私が十五って言ったからって時間を止められると思う？　私は十五じゃないの。そしてあなたは三十じゃないの。私は子どもじゃないの。あなたはそう言ったけど、私は言わせておいた。先ず、そんなこと私はどうでも良かったし、何より……」

彼女は声を低めて言った。

「ママ、私はあなたが恥ずかしかったの、あなたのことが恥ずかしくて、哀れだったの……」

彼女は母の膝に身を寄せて立っていた。ドレスの下でその膝が震えるのを感じた。彼女は前屈みになったその優しい肩に手を当てた――

「可哀想なママ、髪を解《ほど》かせておけば、誰一人私が女だって気づかないと本気で思ったの？」

「誰なの？」グラディスは呟いた。

「オリヴィエ・ボーシャンよ、ママ。気づかなかった？」

「ダメ、ダメ」グラディスは言った――「そんなことあり得ないわ。あなたはまだ子ども……結婚なんてまだ無理。さあ、あなた、私をからかってるんでしょ？

自分を見なさい。細い腕、長い髪、小さな顔を見なさい。あなたは若過ぎる、それは無理。

オリヴィエは幼なじみでしょ。あなたはオリヴィエを愛してると思いこんでるだけ、彼を愛してなんかいないわ。どうしてあなたに愛が分かるの、人生も知らないあなたが？……しばらく待ちなさい……」

「私、彼を愛してるわ、ママ」マリー＝テレーズは荒々しく言った。

「あなた、せめてそれだけは分かってくれなきゃ。愛が何か、あなたこそ知らなきゃいけないいんじゃないの？　それとも、あなたはお年寄の女たち、あなたの友だちにしかそれを認めないの？　だけど恋愛の年頃にあるのは私よ、ママ、あの人たちじゃないわ！……」

「お黙り！」恐れと苦しみを滲ませて彼女は叫んだ――「私はいや、分かるわね、私はいやよ！　もっと後で、って言ったでしょう――もっと後よ。あなた、私に従うわね、もっと後よ……今じゃない、今じゃないの」

彼女は蒼ざめながら何度も繰り返し、マリー＝テレーズの手を自分の唇に運んだ。

「いいわね？　もっと賢くなって、経験を積むまで待つのよ……あなたは何も知らない、まだ何にも分かってない……待つのよ。二、三年してまだオリヴィエが好きなら、いいわ、彼と結婚するのね……でも今じゃない、いいこと、今じゃないの」

彼女は囁き、娘を抱き寄せ、祈るように見つめた。愛されることに慣れ切った彼女は拒否されることなど想像すらできなかった。

「あなたは私を愛してる、そうでしょ、私を苦しめたくないでしょ？　あなたが愛を語るのを聞いたり、もうあなたを一人の女として見たりするのは、私には辛いの……ごく当然でしょ、あなたが分かってくれたら……ああ！　なんであなたは女なの？　もし息子がいたら、もっと私を愛してくれたでしょうに……あなたは自分のことしか考えない」

「でも、あなただって自分のことしか考えていないじゃない！　よく考えて。私、どんな暮らしをしているかしら？　私の年で本、音楽、きれいな公園で充分だと思う？　私には他に何もなかった。あなたは楽しんでる、踊って、明け方に帰って、でもその全て、それは私のための楽しみ、ママ、あなたのためよりずっと私のための楽しみだわ！」

「あなたが成長するのを私は見ていなかった……」

「そうね、すんだことはもう仕方ないわ。私は十八よ」

グラディスはゆっくり両手をねじった──

「そう、そう、分かるわ、だけど……」

女たち、ライヴァルたちの冷笑が聞こえるような気がした──

〝グラディス・アイゼナハ？　そうね、あの人、まだきれいね。でももう若くはないわ、ご存知？　娘を結婚させたのよ。恋人に去られて……どうしたものかしらね？　まだきれい、だけどね……まだ若い、だけどね……〟

おそらく直ぐに──

〝あの人、きれいだと思う？　でも年をとったわ、ご存知？　あの人、お祖母さんよ〟

〝私が？〟彼女は思った。ゆっくり顔に手を当てた――〝いえ、いえ、私、夢を見てる……ほんの昨日、私自身がまだ子どもだった。私、変わっていないわ……昨日はまだ、私は幸せな娘、華やかな乙女だった……そしてマリー＝テレーズは言うのよ――〝どれだけみんながあなたを愛したか……〟それでもうじき誰もが言うでしょ――〝どんなにか彼女はきれいだったに違いない……〟

いや、いや、そんなの早すぎる……あと二年、あと三年……私、それしか求めない……それしか願わない……この子にとってはほんの些細なことでしょ、それで私にとっては……三年で私、老いる。年がはっきり顔に出てしまう。その時は他の人たちみたいに諦めるわ。私、今夜を懐かしむわ……〟

「ママ」マリー＝テレーズは呟いた。

「私に答えて。私のことを考えて。今、私のことなんて思ってないでしょ？」

「どう答えて欲しいの？　私の望みはもう言ったわ。待つのよ。待つことがあなたにどうだというの？　あなたはそんなに若いじゃないの……歳月は穏やかで、軽やかでしょ、あなたには……三年であなたは成人になる。あなたの好きにすればいいわ」

「私、言いなりにならないわ」マリー＝テレーズは蒼ざめ、きっとした顔を上げて言った。

「あなたは私に従わなきゃだめ。分かるわね。あなたは子ども、成人じゃない。私に従わなきゃいけないの」

「でもなんで？　なんで待つの？」

「あなたが若過ぎるからよ」グラディスは静かに、機械的に繰り返した。

「早まった結婚は不幸よ。私はあなたを不幸にしたくないの。そう、分かるわ――今、私こそがあなたを不幸にするって思ってるでしょ。でもそれは違うわ。私、あなたに秘密の素敵な数か月の婚約しか求めない。それがあなたの人生を美しくして、素敵な思い出をくれるわ……あなたは子どもよ、マリー＝テレーズ、あなたには分からない……生きる値打ちがあるのはただ一つ、恋の始まりだけよ。まだおずおずした恋、望んで、焦がれて、期待して……私がそれを全部あなたにあげるのに、それであなたが私を恨むなんて……私はあなたを不幸にしたくないの」

彼女は絶望的に娘を見つめながら繰り返した――

「ああ、そんなことがあっていいもんですか！……もしあの子とあなたが愛し合ってるなら、しようがないわ、結婚して幸せになりなさい……あなたたちの幸せを喜んであげる。あなたを愛しているの、マリー＝テレーズ。だけどちょっと待つのよ……よく分かるでしょ、三年経ったら、私、同意しなきゃならないわ。でも待ってる間、私を哀れんで……私に何も言わないで。私、考えたくない。いや、いやだわ……」

彼女は顔を両手の中に隠して呟いた――「気分が悪いわ。私、ちょっと休みたい、一息つきたいわ……分かって。私の友だちになって……」

「私、あなたの友だちになんてなりたくない！　あなたは私の母親よ。もしあなたが保護も、援助も、愛情も私に与えてくれないなら、私、あなたなんかいらないわ」

マリー＝テレーズは声を押さえて言った。

「ああ！　マリー＝テレーズ、あなた、残酷だわ！」

「だったら、同意なさい、ママ。いいこと、あなたは私が幸せになることがよく分かってるの！　あなたは三年の幸せを私から盗むの、それだけのことよ」

「いいえ、いいえ、いいえ」グラディスは弱々しく言った。

彼女は泣いていた。ゆっくり重い涙が頬を伝った。彼女は哀願した――

「私を放っておいて！　私を哀れんで！　もう何も言わないで。言っても無駄だって、よく分かるでしょ？」

「そうね」マリー＝テレーズは不承不承呟いた。

グラディスはマリー＝テレーズの手を握った。マリー＝テレーズは身震いしてそれを振り解き、自分を引き止めようとする白く柔らかく美しい腕を押し返した。そして逃げ去った。

8

翌日直ちに、オリヴィエはグラディスに面会を求めた。だがサンスーシではエスレンコ家と同じ情景が繰り返され、友人たちに囲まれたグラディスにしか会えなかった。同じ晩、彼はグラディスがディナーに招かれているミドルトン家に赴《おもむ》いた。

彼が入った時、ディナーは終わっていた。何組かのカップルが小規模なオーケストラの演奏でワルツを踊っていた。リリー・フェレールの恋人、ジョージ・カニングの腕に抱かれたグラディスが通るのが彼の目に入った。彼女は微笑み、幸せそうに見えた。彼に気づくと、彼女は動揺をあらわにし、その顔が蒼ざめた。彼はダンスが終わるのを待って彼女に近づき、彼女に会見を求めた。彼女は手先に掛けたままの白い長手袋をいじり、そっと自分のスカートを叩いた。

「会見ですって？　オリヴィエ……私の家で会えないかしら？　あなたのいい時に……なんでそんな改まった言葉を？」

「実際に、改まった事柄に関わるからです！」彼は微笑みながら言った。

「場所も時間もそれにはあまりふさわしくないと思うけど……」

「それではどうか約束してください……」

彼女はためらい、それからため息をついた——

「いいわ、いらっしゃい」

彼は隣の小さな客間に彼女に着いて行った。二人きりだった。彼女は歳月が消え去ったと思えるほどクロードの顔とよく似たオリヴィエの顔を眺めた。クロードのように面長の端正な顔、きれいな髪、閉じている時はきっとして厳しく、ちょっと開くととても優しい表情になる細い口をしていた……彼女は彼におずおずと微笑みかけた。彼は彼女に目を据えたが、彼女を見ているようには見えなかった。

「マリー－テレーズが昨日あなたに話しましたね」彼は言った。

「それは知っています。あなたはある条件の下で、僕たちの結婚に同意するとお答えになりました……延期、三年の延期、そうではありませんか？」

彼女は呟いた。

「その通り……」

「どうしてです？　マダム。ずっと以前から僕のことはご存知ですね。僕の母はあなたの本従姉です。僕のことをあなたは何でもご存知です……一人の母として知るべきことを何でも。僕の家族、財産、健康状態をあなたはご存知です……なんでそんな待機が、屈辱的な見習い期間が僕に必要なんですか？……」

「屈辱的ってどういうことかしら……」

彼女は俯きながら言った。

「長い婚約は多くの国で当然だし、とても賢明と思われているわ」

「もし婚約が公式なら……」

彼女は身震いした——

「だめ、だめ、今すぐには……公式――それは馬鹿げてるわ……祝福、訪問、いやらしいブルジョワのお支度、ぞっとするわ……公式になったら直ぐ結婚して、それで皆が知るのよ……」

「僕はマリー＝テレーズを愛しています……」

「マリー＝テレーズは子どもよ、あなただって……これは子どもの気まぐれよ……」

「僕たちは一人の男、一人の女として愛し合っています」

オリヴィエは声を押さえて言った。

「あなたがまるで気づかなくても、彼女は一人の女性です。年のことだけ言ってるんじゃありません、彼女は一人の女性として、誠実で、優しくて、献身的です……僕らにさっさと幸福の機会を掴ませてください。人生は本当に短いじゃありませんか……」

彼女はうろたえた身振りをした――

「確かに……」

「三年……考えてください、幸福の三年、人生の三年を失うのが恐ろしくありませんか？」

「幸福にふさわしくなることをお知りなさい」彼女は軽々しく言った。「我慢なさい……私を信じなさい、あなた方、もっと愛し合うようになるだけだわ。私、多分結婚の申し込みにかなった正式な答え方はしていないわね……そんなことがこんなに早く私を待ってるなんて思いも寄らなかった……ああ、マリー＝テレーズは私から見たらまだほんの子どもよ、どうしてあなたはそれが分からないの？　これまであの子は私しか愛していなかった……」

彼はいきなり頭を振った――

「マリー＝テレーズはありがたいことに、他の女性たちと同じ女です。子どもの頃は確かに、あなたを愛していました……あなたに大きな愛情を持っていたし、まだ持っています。でも本当の愛が出現したら、親への愛はそれほど重みを持たないことはよくお分かりですね……あなた自身、それを経験されたはずです……男でも、女でも、誰しもそうじゃありませんか……だからマリー＝テレーズが僕を、この僕を愛し、僕の方をより愛していることに驚かないでください。もしあなたが僕たちの結婚に反対し続けるなら、彼女は終いにはあなたを一人の敵として見ますよ」

「まあ、違うわ！」グラディスは言葉を吐き出した。

「そんなことあり得ない……」

二つの思いが彼女の心を引き裂いていた――自分が母親をひどく嫌ったように、マリー＝テレーズにひどく嫌われると思うと耐えられなかった……だが彼女をそれ以上に絶望させたのは、人生で初めて、彼女をフィアンセの母親、自分の幸福の妨《さまた》げとしか見ない男と対面しているという思いだった……

〝私はもう女じゃないのね！〟彼女は思った――〝もうマリー＝テレーズの母親に過ぎない……私、この私が……ああ！　私にはよく分かる。それは共通の運命だわ。でも死ぬことだって共通の運命、それで誰が恐れなしに死を思えるかしら？　私はマリー＝テレーズを愛している、確かに、心から、あの子を幸せにしたい、だけど、私、この私を誰が哀れんでくれるの？……私は多分自分が若くてきれいだと思ってる、でも、他人の目にはもう年寄り、直ぐに〝彼女はきれいだった、彼女は愛された……〟って笑って言われる老女なんだわ……そしてこの若者は……〟

彼女は痛切に彼の気を引きたかった。マリー＝テレーズに自分の願望が知られてしまうと思うだけで、恥ずかしさでいっぱいになった。だがそれは娘から彼を奪うためではなく……自分が立ち直るのを見るため、自分の心の中でこの恐ろしい屈辱感と失墜感、傷ついたプライドの痛みを消すためだった。ほんの一瞬であれ、彼女はどうしても彼の欲望を刺激したかった。

〝ただ一度でも彼が欲望をこめて、いえ、そうでなくても一人の女を見るように感嘆をこめて自分を見てくれたら。以前の多くの男たちのように、困惑し……黙り込み、夢見る瞬間を持ってくれたら。そうしたら、私、抵抗を止めて、あの子を彼に与え、全てに同意するわ。でもせめて、私がまだ女だと思わせて、感じさせて……だってそうでなかったら、何のために生きているの？〟

オリヴィエは思った――

〝皆同じだ、老人たちは……人生を楽しむ時間が少ししか残っていない。それで僕らに仕返しをするんだ。多分自分じゃ分かっていない、でも心の底で思ってるんだ――幸せでいられる時間はほんのわずか。それなら、できる限り、子どもたちから幸せな歳月を盗んでやる……自分じゃ優しく、思慮深く、賢明で経験に溢れていると思ってる……現実には妬いてるんだ。子どもたちと人生を分かち合いたがらない。人生を呪う、そのくせそれを自分のために、ひたすら自分のために守りたがる……哀れな愚か者たちだ〟

彼は哀れみをこめて思った。静かに長い腕を伸ばし、筋肉の戯れ、生身の下の血の熱を心地よく感じた。自分の年を思い出し、突然、自分は不死身だと思った。彼は微笑みながらグラディスを見た――

「マダム、三年はあっという間に過ぎます、その時、今と同じくらい辛いことはお分かりですね……」

グラディスはゆっくり額に手をやった――

〝私、何をしてるのかしら？……マリー－テレーズが愛してるこの若者の気を引こうなんて、どうして思えたのかしら？　なんて恥ずかしい……〟

彼女は呟いた。

「ほっておいて、オリヴィエ、お願い……聞いて、ただ何か月、何週間……ほんのちょっとの間だけでいいの」彼女は取り乱し、哀願した。

「あなた、それだけは私に与えてくださらなきゃ……約束するわ、賢明になるってあなたに誓うわ」必死になった子どものように、彼女は言った。

彼女は気を取り直した――

「そうね、賢明な老女になるわ。私に一年ちょうだい。ね、一年？　大した時間じゃないわ。一年の猶予を！」彼女は呟いた。

「一年我慢して。あなたたち、一生幸せでいられるでしょ、それで私は？……」

「マリー－テレーズに会っても構いませんね？」

「ええ、ええ、勿論」

「彼女と一緒に世界の果てまで行ったりしませんね？　僕は疑っていますよ、分かりますね」

彼は努めて笑いながら言った。

彼女は頭を振った――「ええ、ええ」

「仕方ない！」彼はため息交じりに呟いた――「分かりました！……」

彼女は立ちあがり、客間の敷居に行き、通りかかったリリー・フェレールに合図した。

〝とにかく出て行って！〟彼女は思った。〝私をほっておいて！……〟

リリー・フェレールが乱暴に自分を扇ぎながら近づいた。黄色いドレスを着て、髪に羽根飾りを着け、顔をごてごて塗りたくっていた。

オリヴィエは二人の女といくらか言葉を交わして立ち去った。リリー・フェレールは彼を目で追いながら言った――

「彼、あなたに恋をしてるわ……」

「違うわ！」グラディスは頭を振りながら言った。「もう私に恋をする人なんか誰もいないわ。誰も……」

彼女は涙をやっと堪《こら》えながら、黙りこんだ。リリーにキスした――

「あなたがとても好きよ……」

彼女は部屋を出てサロンを横切り、テラスに入った。ジョージ・カニングが彼女が来るのを見ていた。彼女は絶望して思った――

〝この男？　もしかして……〟

彼女は彼に微笑んだ。彼は頭を下げ、女に捕まった。彼女は、選ぶのも捕まえるのも自分だと思っている男の狡猾で貪欲な目を確認していた。

二人は庭園に下りた……

9

戦争が始まった時（訳注：第一次世界大戦は一九一四年七月に勃発）、グラディスと彼女の娘はパリに、ボーシャン父子はスイスにいた。前線への出発を前にして、オリヴィエはパリを通り、マリー＝テレーズに会うことができた。秋になると、グラディスはアンチーブに戻った。こんなに美しい季節はなかった。薔薇も瑞々しかった。サンスーシは空《から》だった。男の使用人たちは出征し、自動車と馬は徴発されていた。毎日、グラディスはため息をついた——

〝出発しなきゃ……私たちここで何をするの？〟

だが彼女はジョージ・カニングのせいで留まっていた。彼女は彼にご執心だった——美男の彼が気に入っていた。彼女はマークを忘れ、ボーシャンを忘れた。女性のみぞ知るやり方で、苦労しつつも、きれいさっぱり。彼女はオリヴィエさえ忘れた、ように見えた。戦争の初め、マリー＝テレーズは改めて自分の結婚の話を持ち出した。だがグラディスはやはり応じようとしなかった。彼女はドーヴィルに向かってさっさとパリを発ち、彼女が戻った時、オリヴィエは前線にいた。マリー＝テレーズはほとんど彼女の目に入らなかった。ずっとそうして来たように、優しく名前を呼んで、穏やかに話しかけたが、視線は娘を素通りし、カニング、自分自身、自身の幸福しか思わなかった。彼女は娘を愛していた。ずっと愛してきた。だが何事に対してもそうであるように、気まぐれに、あさはかに。移ろいやすいその愛情は長い無関心な時間に断ち切られた。マリー＝テレーズがもうオリヴィエの名を口にせず、それがなければグラディスが生きられない幻想《イリュージョン》の網を断ち切らないのがありがたかった。

とはいえ、グラディスの目にだけ、マリー＝テレーズはまだ子どもとして映った。マリー＝テレーズは秋以降変わった——より成熟し、より女らしくなり、いっそう細身になった。

だが動作はより静かで、より大儀そうで、若い顔から純粋で奔放な表情が消えていた。肌はよりたるんで、より蒼ざめていた。彼女は美しい髪を持ち上げていた。

十月に、グラディスはオリヴィエの死を知らせるボーシャンの手紙を受け取った。彼は前線で戦死していた。その晩、グラディスは一人だった。長い間手紙を手にして、小さなテラスにじっと坐っていた。静かな風のない晩だった。ようやくため息交じりに立ち上がり、娘の扉を叩きに行った。マリー＝テレーズは床に就いていた。グラディスはベッドに近づき、マリー＝テレーズの髪にそっと手を当てた。

「あなた、眠っているの？」彼女は尋ねた。

「入った時、ランプを消すのが見えたけど」

「眠ってないわ」マリー＝テレーズが言った。

彼女は枕の上に肘を着いていたが、額にかかるほつれ髪を払いながら不安そうに母を見た。

「あなた、可哀そうに、とても悲しいお知らせがあるの、ひどいショックでとても忘れられないと思うでしょうね。でもそれだって消える、いいわね、消えるのよ。可哀そうに、オリヴィエが死んだわ」

マリー＝テレーズは、何も言わず、涙も流さず、母親が差し出した手紙を掴んで、読んだ。その手がシーツに落ちた。爪先から血が噴き出すほど激しく指を捩《ね》じ曲げた。だが彼女は何も言わなかった。口を衝いて出る言葉を必死に抑えているようだった。グラディスが哀れみをこめて囁いた――

「あなた……そんな可哀そうな顔、私、見ていられない……でも、これだって消えるわ……ほんとに、消えるわ。分かるわね、初恋は凄く強烈に思えるけど、直ぐに忘れるものなの……そうね、あなたは、私が分かってない、私は知らない、そんな気持ち、私は忘れちゃったと思うでしょうけど、でもね、それはまだ私にはとても身近なの、あなたが分かってくれたら……あなたは彼を愛していたわ、それは分かってる……でも他の人が来るわ、マリー－テレーズ……愛は何度かのキス、何度かのデート、将来の優しい計画ばかりじゃないの……愛が何なのか、もっと後になって、あなたが一人前の女になった時に初めて分かるのよ、遅すぎるかも知れないけど」

彼女は熱く、疲れた奇妙なため息をちょっとついて言った――

「分かるわね、私、何が起こるか予感がしたの」

彼女は真剣に囁いた。

「あなたが泣いて頼むのに屈しなくって、私、今、どれだけ良かったと思うかしら……若い恋人、それは忘れられるわ。でも夫となると……」

マリー－テレーズが声を押さえて言った――

「お願いよ、ママ、私をほっといて……」

「無理だわ、それじゃあんまり辛すぎる……そんなに片意地張らないで……泣きなさい……私の言うことを聞きなさい、あなた、忘れるわ……マリー＝テレーズ……以前は私を信用してたじゃない。いいこと、分かってね、あなたは忘れて、いつか……」

彼女は蒼ざめ押し黙ったマリー＝テレーズの顔を引き寄せようとした。彼女の頬にそっとキスした――「私を見なさい……」

ゆっくりとマリー＝テレーズは目を上げて、言った――

「私、オリヴィエに愛されたの、ママ。私、妊娠してるの」

「何ですって？」グラディスはとても小さな声で言った。

彼女は身を屈めて、娘の顔を見た――ほどけ加減のお下げ髪、ほっそりした首、子どもっぽい顔立ち、彼女はグラディスが思ったよりはるかに幼く見えた――

〝この子、嘘をついてる！　そんなはずないわ……〟

彼女はいきなりマリー＝テレーズのシュミーズをその胸の上までたくし上げた。乳房はずっしりして、妊娠初期を示す大理石の白さをしていた。

グラディスは静かに言った――

「可哀想に、あなた、自分を不幸にしたわね」

「いいえ」マリー＝テレーズは頭を振って言った。

「私を不幸にしたのはあなたよ、あなた、あなた一人よ。なんでオリヴィエとの結婚を許してくれなかったの？　私たち、若かった。私たち、愛し合ってた。私たち、幸せになれたのに……なんであんなことしたの？　なんで？」

「私、何もあなたに禁じなかったじゃないの」グラディスはかっとなって叫んだ――

「あなたにそんなことを言う権利はないわ！……私はあなたに待つように頼んだの……あなた方が二人ともとても若かったからよ！……」

マリー＝テレーズは絶望的に言った。

「私たち、待ったわ、死がやって来て彼を私から奪うまで……いい子らしく、とても賢く、とても愚かに、私たち、待ったわ。あなたには幸福、愛、情熱を残して、自分たちはあなたが言うように、何度かのキス、いくつかの優しい将来の計画で満足して！……ああ！　私、自分が許せない……あなた、よくも言ったものね――若さは愚か……って。そうよ、愚かで、臆病で、弱かった、そう、あなたの手の中で……私たち、待つより他に何ができたの？……戦争になった時、私、オリヴィエと結婚させてってあなたに哀願したわ。あなたはやっぱり私の話を聞こうとしなかった。あなたは答えたわ、翌日殺されるかも知れない青年との結婚は許せないって……自分の母親としての義務がそれを禁じるって……ああ！　結局は自分のために母親の権利を持って、あなたはどれだけお幸せだったかしら！……ほんとに、あなたは本心から言ってた……でもあの時、私たち、自分たちは騙されてる、少なくともいくらかの愛の瞬間、僅かばかりの幸福を掴まなきゃいけないって分かったの。それを望んだのは私、この私だわ」

彼女はとうとう頬に涙を流しながら言った――

「彼、可哀想なオリヴィエは私を哀れんでくれたわ。彼、自分はもう戻らないって予感して……それで、私も」彼女は呟いた――

「彼にキスを返した、でも心の中で聞こえたわ――〝彼は戻らない……〟って。どうしても消せない声みたいだった……その時、私、抱いてって彼に頼んだの。一晩彼の腕の中で眠って、彼の妻でいさせてって。そして私に子どもをちょうだいって彼に頼んだわ。だって私、思ったのよ――〝神様は二人の間に子どもがいたら、彼が戻ることをきっと望まれる……〟って。だけど彼は死んでしまった……死んでしまった……私にとって今、何もかも終わったわ……」

「いつ彼に愛されたの？」グラディスはマリー＝テレーズの燃えるように熱い手を掴みながら言った――「あなた、去年の五月から彼に会っていなかったじゃないの！」

「そうね、あなたはそう思ってる、あなたは……あなた、いつも通り、私が言いなりになると思ってたの？……前線に出発する前に、彼はパリを通って……彼はリッツホテルの私たちと同じ階に部屋をとって、私、彼と一緒に一晩過ごしたわ。少なくとも、私たちにはそういうことがあったのよ」

彼女は声をさらに押さえて言った。心の中であのとても短い夜、青いカーテン、それにベッドに射す夜明けの陽光、目を大きく見開いて深淵に駆けるあの忘れがたい感覚を思い出しながら……

「でも、あなた、今からどうするの？」グラディスは声を震わせて言った――

「その子をそのままにはしておかないでしょ？」

「何を言うの！」

「マリー＝テレーズ、じゃあ、あなた、知らないの？……あなたが望めば、産まずにすむのが分からない？……たった二か月でしょ、それは可能よ、まだ楽だわ……その子をそのままにしておけないのは分かるでしょ？……スキャンダルを考えなさい……もし人が知ったら……でもあなた自身、分かるでしょ、ね？……さあ、私に答えなさい、私に話しなさい、何か言わないの？　あなたはもう子どもじゃない、悲しいかな、女だわ。どんな危険を冒したか分かってたんでしょ、あなたがそれを望んだなんて……仕方ないわ、こうなったら、勇気を出さなきゃだめ。子どもは始末しなきゃだめ、そうでしょ？　そうしなきゃだめよ、マリー＝テレーズ。聞きなさい、私、女を一人知ってる……カルメン・ゴンザレス……あなた、彼女を知ってるわね。彼女はマッサージ師で、化粧品売りで、産婆、でも私、知ってるの……彼女は何度もそれをやってるわ……何でもない、まるで何でもないわ、マリー＝テレーズ……私の友だち、クララ・マッケイを覚えてるでしょ？　ご主人が不在で、彼女は生まれるはずのない、生まれちゃいけない子どもを妊娠したの。彼女、この近く、ベイの産院のカルメンのところに行ってね。翌日の晩、彼女は戻って、誰も何も知らずにすんだわ……何一つ。ご主人は彼女を殺してたかもしれないわ。あなたにしたって、数時間の苦しみで始末がつく、悪夢は終わるわ……私に答えなさい」

むき出しの薄い肩を苛立たし気に掴みながら、彼女は言った――

「あなたがそうしなきゃいけないのは子どものため、あなたと同じくらい子どものためよ！　その子をそのままにして、命を与えちゃいけない！……惨めで、一人見放されて不幸になる子に命を押しつける権利なんか、あなたにはないのよ！……」

マリー＝テレーズは静かに言った。

「あなた、私が自分の子どもを棄てるとでも思うの？　あなたが勧める犯罪なんか口にしたくもないわ――そんなこと、妊娠した女中がやるように枕の下で窒息させるのと同じだわ。私がこの子を恥じたり、身を隠したりすると思う？　どれだけ私のことが分かってないのかしら……」

「あなたは狂ってる」グラディスは叫んだ――「あなたが女ですって？　とんでもない、何も知らない子どもだわ……金持ちの名家の一人娘のあなたが、どうしてその子をそのままにしておきたいの？　この私がそんなこと許すと思うの？　最後に言っておくことがあるわ……」

「あなたが言うことなんか何もないわ。あなたは私の結婚に反対しちゃいけなかったの！」

「あなたこそあの子に愛されちゃいけなかったの！」

「私はその結果を引き受けていくわ、ママ……」

「あなた、たった十九だってことを忘れてるわ。まだ二年間、私はあなたとあなたの将来の絶対の支配者ですからね」

「じゃ、どうするの？　あなたにこの子は殺せないわ」

グラディスは震える手で顔を擦った――

「いつか、あなたは他の男を愛すでしょ……一夜の恋人に泣いてばかりはいないでしょ？　だったら、あなた、どうするの？　誰が私生児連れのあなたと結婚するというの？　マリー－テレーズ、今、あなたの中で語っているのは母性愛じゃない、そんなものまだ存在するはずがないわ。あなたは私に復讐したいのよ……あなたが母親だなんて、こんなふうに、忌まわしく、恥ずかしい女だなんて思うと、私、耐えられない。あなたはそれを知ってる、あなたが意地を張って自分を不幸にするのは、あなたの結婚を遅らせた私を罰するためだわ。とにかくあなたは不幸になってしまう！　もっと経ったらそれが分かるわ」

「そうかも知れないわ」マリー－テレーズは俯きながら言った。「でも、私、自分のことは考えない……あなたにはおかしいって思えるでしょうね、どうよ、人が自分のことを考えずにいられるなんて？　私は自分の子どもに生きて、幸せになって欲しい。自分のためには、何にも怖くない、全てを受け入れるわ……」

「そう思うの。もっと経ったら、あなたにも分かるわ……」

「私があなたみたいになると思う？　ああ！　絶対に、絶対にならないわ……あなたはいかにも優しく私に話すけど、自分のことしか考えない……グラディス・アイゼナハ、人があなたのことを、孫を持つ年、お祖母さんって言う……それがあなたには耐えられないのよ！……そんな言葉を震えずに聞くことすらできないのよ」

彼女はグラディスを見つめながら言った。

「あなたは鏡に近づく、美しい自分の顔、金髪を見る、そして自分がお祖母さんであること、自分にとってもう人生が味気ないことを思い出すの。私はあなたを知ってるの、ほんとによく知ってるのよ……もし私がオリヴィエと結婚していたら、夫の子どもを持っていたら、それはあなたにとってやっぱり耐えがたい苦痛だったでしょうね……その時ばかりは、あなたも何も言えなかったでしょうけど。でもこうなったらあなたを引き止めるものは何もないわ……それでお祖母さんになるのを避けるために、あなたは私の子どもを殺す準備をするのよ」

「その子はまだ生きていないわ」グラディスは小さな声で言った――

「その子は苦しまない。それにこんな犯罪は、毎日犯されてるわ……」

「そんなことするもんですか」

マリー＝テレーズはほとんど野蛮な調子で言った。こんなふうに自分が守り、自分のためにだけ存在するその子が、世界の全てよりも大切だと思いながら。

グラディスはまた哀願し始めた――

「いいわ。もしあなたがそうしたいなら、その子はあなたのもの、あなたに権利があるわ……でもあなた、私に対して義務はないの？　あなた自身に対しても、私に対しても」

彼女は絶望的に繰り返した――

「スキャンダルを考えて……」

「考えているわ」

マリー＝テレーズは言った。薄笑いが唇に浮かんだ。

「じゃあ私を哀れんでくれないの？」グラディスは絶望して言った――

「私があなたに何をしたの？　私のせいじゃない……私に戦争が予見できた？　親が意に染まない結婚に反対するなんてよくある事じゃないの。それ以上、私が何をしたの？」

「他の親たちはちゃんとやったつもりで間違えるの。その子どもたちは絶望するかも知れないけど――親たちを恨む権利はないわ……だけどあなたは、あなたは自分のことしか考えなかった……あなたは結婚した娘を持ちたくなかった……あなたは〝ボーシャンの若夫人〟の母親になりたくなかっただけよ」

彼女はしゃがれた嗚咽とともに吐き出した――

「あなたは私の人生の取り分、幸福の取り分を奪いたかった、ずっとそれを奪ってきたように……」

「そうじゃあないわ」グラディスは言った。「私はあなたをずっと愛していたわ……」

「そうね、私が子どもで、自分を素敵に見せかけられた頃はね」

マリー＝テレーズは苦い口調で言った。

「私を膝の上に抱いて、皆に見とれさせて……それで私は、愚かにも、あなたがとても好きだった、すっかり見とれて、とてもきれいだと思っていたわ！……娘の私が、子どもに、自分の子どもに話すようにあなたに話してた……今、私はあなたが大嫌い、あなたの金髪も、私より若く見えるあなたの顔も大嫌い……きれいで、幸せで、愛されるどんな権利があなたにあるの？　それで私は？……」

「それは私のせいじゃないわ……」

「あなたのせいよ」マリー＝テレーズは叫んだ。「考えてくれなきゃいけなかったのは私のこと、私のことだけよ。私がこの子のことだけしか考えないように」

か弱い腕で自分の体を包みながら、彼女は言った――

「私をほっといて！　行って、出て行って！」

「マリー＝テレーズ、あなたはその子をそのままにしてはおかないでしょ。その子は生きて、充分に面倒をみられる、必要なお金は全部私があげるわ。でもそれはだめ……あなたはこの子を身近に置いておかない、この子を人前に出さない。そんなことあっちゃいけないの……ああ！　よく分かる、あなたが望むのはそれなのね、そう、あなたが苦しめたいのは私なんでしょ？　その子の唇から、私に、この私に〝お祖母様〟なんて言葉が出るのを聞いたら、私、自殺すると思うわ」

彼女は小さな声で言った。

「私、辛い！……あなたにはこんなこと分からない……私を化け物だと思うでしょ……でももっともなのは私、私、私だわ、だって私は人生をありのままに見るから、恋がなかったら、男たちの欲望がなかったら、人生なんてほんとに短くて、ほんとに悲しい、そして長くて恐ろしい老年！……なのに、あなたは、あなたは若い……あなたはオリヴィエを忘れるでしょ……いいわ、私、いつまでもとは言わない！　あと二年、三年……でもだめね、あなたは世間に事実が知れ渡るようにしてしまうのね、絶えず好奇の眼差し、同情の囁きが私を待ち受けるように――　〝そんなことあるかしら？……彼女、あんなに若く見えるけど、だけどね……〟そして女たちは？　女たち、敵ども、友人たちの嘲りは？……ちょっとだけ待って、たった二、三年待って、いいわね、いいわね、私、いい母親になるから、あなたは私のことも、子どものことも嘆かない、私、その時その子を愛すかも知れない……言って、その子を手放すって？」

「私、この子を手放さない。この子を認知して、育てるわ」

マリー－テレーズは厳しく言った――

「さあ出て行って」

彼女はベッドに身を投げ、言葉も、涙もなく、身動きしなかった。グラディスはまだくどくどと彼女に語りかけた。だがマリー＝テレーズはシーツを噛みしめ、何も言わなかった。とうとう、グラディスは出て行った。

10

グラディスは諦めよう、子どもの誕生を受け入れようと努めた。だが生活は苦い味がした。眼の前で男が通りかかったきれいな娘に微笑みかけると、心が引き裂かれた。時折、男は先ず彼女に目をやった。だが彼女の心に触れなかった。そんなことには慣れていた……その目が自分を離れ、他の女に向かうのが我慢ならなかった……

ある晩、彼女はリリーの家に自分のようなブロンドの女が入って来るのを見た。壊れやすく勝ち誇ったような美しさはちょっと自分に似ていたが、その女は若かった……彼女はその女に微笑み、話しかけた、だがその完全無欠な肌、瑞々しい瞼は彼女にとって侮辱そのものだった。何週間も、彼女はライヴァルに再会しないように、リリーの家を再訪するのを避けた。

時折、彼女はニースを離れた。だが内にこもった不安はつきまとい、真夜中に目が覚めた。起き上がり、裸になり、鏡に近づいた。自分の顔、体を見て、一瞬、ほっとした。自分が美しいことはよく分かっていた。ホテルの中で最後の暖炉の火が消え、隣室で知らない人間がため息をつき、夢を見ている早朝の時間だった。彼女は不眠のせいで額に引かれた、直ぐに消えそうな軽い皺をゆっくり手で擦《さす》った。それは何でもなかった……全ての女に共通する不安だった。彼女が恐れた不可思議な痛み、魂を苦さで満たす恥ずべき嫉妬とは似ていなかった……彼女は思った――

〝自分のことを考えちゃいけない……自分自身を忘れなきゃいけない……マリー＝テレーズや……その哀れな子どもや……戦争のことを……そして弱くて、だめな私は自分の美しさ、自分の若さを考えてる……でも私はもっと賢く、もっといい人間になりたい……〟

ジョージ・カニングは入隊して、一月以降前線にいた。彼女の周囲で全てが変った。何もかも寒々として、悲しかった。サンスーシにはもう宴《うたげ》も、人影もなかった。メイドと、いなくなった庭師の代わりの村の小僧しかいなかった。マリー＝テレーズは終日、部屋で横になっているか、一人で庭にいた。夜になると二人は向かい合って腰かけ、それぞれ子どものことを思った。時々、グラディスは夢から覚めたように、出産を待って痩せて憔悴した娘の顔に目を留めた。彼女は哀れんで娘を見た。その顔色の悪さ、悲しげな様子が心配だった――

「さあ、食べて、栄養を摂らなきゃ、力をつけなきゃ、あなた、絶対耐えられないわ……何か欲しいものは？……大変な試練ね、でも勇気を持たなきゃ、あなた……あなたはそんなに若いんだから……全てが消え去るし、全てが忘れられるわ……オリヴィエのことだって……」

「ママ、私、オリヴィエのことは考えてないの……あなたには分からない……オリヴィエのことは、もっと後になって、子どもが生まれた時に考える……今は子どものこと、その命しか考えたくないの……」

「その子……その子ねえ……もし子どもがいなければ、もっと輝かしい人生があるでしょうに、忘れて、結婚して、幸せになって……」

「でも子どもはいるのよ、ママ……」

「そうだわね」グラディスは憎しみをこめて呟いた。

出産の時が近づくと、マリー＝テレーズはカルメン・ゴンザレスの所に行き、子どもはそこで生まれることになっていた。すれっからしのカルメンは何事にも驚かなかった。彼女は人がしてくれという通りに子どもを取り上げ、守り、世話をするだろう。

「どうして心配するの？」彼女はグラディスに言った――

「あなたはお金持ちでしょ、ね？……お金はあるんでしょ？……そう、お金があれば、人生は微笑むばかり……さあ、さあ、こんなことが起こるのは、あなたが初めてじゃないのよ……」

ある晩、マリー＝テレーズが言った。

「ママ、私、あの女の所に行きたくない。あの女が嫌いだし、怖いの。パリでもマルセイユでもどこでもいいわ。でもあの女のところじゃなく病院で……」

「私、あの人の所だけが絶対に秘密を守れると思うの」グラディスは言った。

「でも世間に知れ渡っても、それが私にどうしたというの？　この私に」

「分かってるわ！……あなたはもう何度もそう言ったし、叫んだわね……でも私は、私は、何にも知られたくないの！……分かるでしょ？……お願いよ、お願い、もうその子のことは話さないで、私に忘れさせて……それでいいでしょ？……なんで生まれる前からその話をするの？」

だがマリー‐テレーズは優しく、激しく、まだいないその子を愛していた。彼女は一人でその子に顔を、形を、名前を与えた……日に日に、彼女はさらにぐったりしてきた。今はもう歩くのもやっとで、家の外では身を引きずっていた。彼女は自分の衰弱に絶望した。母親は彼女が子どもをそのままにしておくことを決して許さないだろう。彼女はわずか十九歳だった。自分のものは何も持っていなかった。まだ二年の間、自分の情欲に目が眩み、自分自身と間近な老いのことしか思わないこの女に身を委ねることになる。時折、彼女は母に話して、もし自分が死んでも、子どもを棄てないでと頼もうとした。だが言葉は彼女の唇から出かかり、止まってしまった。母が憎々し気に自分のお腹から目を背けるのが分かった。子ども……自分の中でそれが生きていることを、どんなに彼女が感じただろう！　彼女がゆっくり自分の体を擦《さす》ると、その指の下で子どもが震えて動くようだった。子どもの形、声、眼差し、その微笑みを思い描いた。彼女はそれを夢に見た。どんな目の色になるか、彼女には分かっていた。彼女は時に、オリヴィエを忘れた……オリヴィエは死んだ。もう無人地帯（no man's land）の残骸に半分埋まった死体に過ぎなかった。彼のために彼女は何もできなかった。だが子どもは、子どもは生きねばならなかった。彼女は脈動する暖かいお腹を両腕で包んだ。子どもはそこで生き、動いていた。グラディスが怖く、カルメンが怖かった……とりわけカルメンが、その部厚い小さな手、その声、フエルトの靴底のこもった足音が怖かった……

〝あの女たちは子どもを取り上げるわ。私がまだあんまり弱って守れないうちに〟彼女は思った。〝ひどい世話、ひどい栄養、可哀そうに、一人で、たった一人で……私の赤ちゃん、私の子どもは……〟

彼女は時も所も覚えていないが、使用人の口から昔聞いた話、人里離れた農場で夜の間に生まれ、祖父母が取り上げて生き埋めにした子どもの歪んだ話を思い出した。母親は明け方目を覚ましたが、もう側に子どもはいなかった。

彼女は震える両手を握り締めた――

〝絶対に、私はあなたを放さないわ、私の赤ちゃん《モンプチ》……〟

私の赤ちゃん……それは彼女が見つけることのできた、ただ一つの、一番優しい言葉だった……彼女はその子を愛《いと》おしんだ。その子には彼女しかいなかった。その命は彼女一人にかかっていた。夜、彼女はその子に優しく語りかけ、安心させて、言った――

〝さあ……何も怖がらないで……私たち、幸せになるわ……〟

子どもが生まれると分かった時、彼女は思った――

〝私、誰も呼ばない。子どもが生まれるか、自分が死ぬまで待つわ。そして子どもが生まれた時、私からその子を取り上げる力を持つ者は世界中誰もいない。私、誰も私から奪えないくらい強く子どもを抱きしめる、私に、この私の胸にきつく捕まえておく。そしてもし私が死ぬなら、その子も私と一緒に死ぬわ〟

11

グラディスは部屋の中で、一人暖炉の前に坐っていた。マリー－テレーズは彼女とは一番遠く離れた、屋敷の片側にいた。自分の娘がちょうどこの時、毛布の下で押し殺している微かな呻き声が、グラディスには聞こえなかった。

そよとの風もない静かな夜だった。棕櫚の葉がかすかに音をたてた。満月に照らされた海は牛乳のように白く滑らかだった。タイル貼りの床から冷気が吹き上げた。メイドが暖炉に火を入れていたが、グラディスはとてもしなやかで、とても滑らかな、白く長い首を傾けながら、何の気なしにそれをかきたてた……眠りに行くふんぎりがつかなかった。彼女は思った――

〝これが過ぎたら、私、マリー＝テレーズを連れて行って、絶対ここには戻らない。あの子は忘れるでしょ。まだただの子どもですもの。恐ろしい経験だけど、忘れるでしょ。地上にはもう一人、惨めで小さい無用の存在がいるだけ。なんであの子は私の言うことを聞かなかったの？　ああ！　全てが終わって欲しい……なんという悪夢かしら……〟

彼女はため息をつきながら立ち上がり、庭園に出た。ゆっくりヒマラヤ杉を回り、海まで降り、上り直して、マリー＝テレーズの暗い窓に小石を投げ、小さな声で彼女を呼んだ。マリー＝テレーズはおそらく寝ていた……可哀そうな子……なんて悲しい人生が始まるのかしら……

〝でもあの子は若いわ〟苦く、妬ましく彼女は思った――

〝歳月が消してくれない苦しみがあるかしら？……あの子は何にも知らない、まだ何も分からない……ああ、私があの子に代われたら……二十歳にもならない時、全てはどんなかしら？……どんな苦しみも、どんな絶望も、私、受け入れるわ、もし若さを取り戻せるなら……〟

彼女は戻った。屋敷は静まり返っていた。メイドがベッドを開け、レースの長い寝間着を用意していた。彼女は服を脱ぎ、指輪を外した。それから暖炉の前に坐りに戻り、戦争が始まってから、オリヴィエが出征してから流れた月数を数えた。もうじき子どもが生まれる。

〝子ども……〟

彼女は心の中ですらこの言葉を発することができなかった――〝私の孫……〟

〝決して、決して、許すもんですか、あの子が子どもを側に置いておくなんて〟

彼女は思った――

〝あの子が何を言おうと、どんなに涙を流そうと何でもないわ……その子は幸せになるでしょう、充分面倒を見られるでしょう、何一つ不足しないでしょう、だけど絶対に、私は見ない、絶対に名前も聞かない……それでも、その子が存在して、息をしてるって意識するだけで、私の人生に毒を入れるのに充分だわ……〟

彼女は心が締めつけられるような気がした。マリー－テレーズにとって、これから、自分は敵になる、それは分かっていた。それが彼女には辛かった。彼女は愛される必要があった。〝もうお終いよ〟努めて自嘲しながら彼女は思った。〝どんな幻想もあり得ない、私は老女になる。若く、まだきれいに見せようとしたって無駄、心の中で、自分が老女だとはっきり分かってしまうわ……マリー－テレーズは子どもを自分の側に置きたがる……哀れで無邪気な娘ね……子ども？　私たちの席に着いて、私たちを人生の外に押しやって、繰り返すんだわ――「出て行け、出て行け、今は全部こっちのもの……そっちの分のお菓子は残して……食べちゃった？……もう満腹だね？……だったら出て行け！……」一番いい子どもだって、子どもが私たちに思うのはそんなことよ……「もう満腹だね？」ですって……いいえ、私、満腹になんかならないわ、絶対に……〟

彼女は熱く死を願った――

〝それが一番賢明でしょ、それでマリー＝テレーズは厳しくてご立派な心の中で思うんだわ――〝これは罰よ……〟って。あの子は厳しい心を持ってるかしら？　以前は私を愛していたけれど……だけど、オリヴィエが死んだって、それが私のせい？……私に戦争が予見できた？……でもあの子が私を許さないのは、オリヴィエのことじゃない……子どものこと……絶対にその子を見ない、絶対にその子の叫びを聞くもんですか……〟彼女は呟いた。

彼女はさらに暖炉に近づき、隣室で行き来するのが聞こえたメイドに尋ねた――

「娘の部屋にも火を入れてくれた？　ジャンヌ」

「はい、マダム」ジャンヌが答えた。

「あの子を見た？　何かいるものはない？」

「一時間前にお嬢様のお部屋の扉を叩きました」

ジャンヌが部屋に入りながら言った――

「すべて大丈夫、寝るわ、というお答えでした」

二人はため息交じりに視線を交わした――

「なんて災難かしら」グラディスは顔を背けながら言った。

「ねえ、ジャンヌ、なんて災難かしら……」

「人に知られない限り」ジャンヌは声を落として言った。

「それにお嬢様にはお母さまがおありです。こんな災難になった時、唯一助けられる人たちからも身を隠さなきゃならない孤独な女がどれだけいるでしょう……お母さまが一緒にいてくださるのは大きな幸せですわ」

「私、あの子が許せないの」グラディスは言い辛そうに言った。

「ええ、それは分かります。不名誉なことですね」ジャンヌはうなずいて言った。

「でもマダム、哀れみの心をお持ちにならなきゃ……」

ジャンヌは長年アイゼナハ家に仕えていた。四十絡みの女で、丸くて血色のいい顔、小さく鋭い黒い目をしていた。髪の毛は白くなりかけていた。この上なくシンプルな人生を送り、一貫してメイドだった。読み書きが不自由で、自分の仕事以外何も知らず、ただレースを繕《つくろ》い、衣類にアイロンをかけ、主人たちの人生に熱を上げていた。隠さねばならぬ負債、届けねばならぬ恋文を愛した。看護する病人、他の子ほど愛されない子どもか夫に構われぬ妻が職場にいる時ほど、彼女が幸せなことは決してなかった。主人たちの感情生活に関わる何事にも、使用人か子どもしか持ち合わせない異様な、ほとんど予言的な洞察力を持っていた。グラディスはマリー＝テレーズの妊娠を彼女には隠そうともしなかった。それほどグラディスはあらゆる隠し立てが無駄だと思っていた。ただし、ジャンヌが何も言わないこと、ジャンヌがこの異例の出産を不名誉だと強く感じることは分かっていた――ジャンヌは世間体を何にもまして気遣った。彼女のおかげで、マリー＝テレーズの状態は誰にも知られなかった

――彼女自身が他の使用人の解雇を求めた――誰も屋敷に入らず、誰もマリー＝テレーズを目にすることがなかった……

「誰にも分かりませんよ、マダム」彼女は繰り返し言った。

グラディスは何も答えなかった。ジャンヌはグラディスが絨毯に投げ出した衣類を片づけ、出て行った。

グラディスはため息をつきながら自分のベッドを眺めた。気を紛らし、踊って、飲みたかった。だが戦争だった。ニースもフランスの他の地方と同じように暗く、殺風景だった……女友だちも皆出て行った。彼女が知っていた気まぐれで華やかな小世界は丸ごと逃げ去った。別荘も閉じていた。

〝戦争が終わる日は来るでしょ、昔のように全てが楽しく、素敵になるでしょ、それで私は……ああ！　どうやってそれに耐えたら？　いつか自分が老いていくって知りながら、どうして生きてこれたのかしら？……人が死ななきゃならないのはよく分かってる……でも変ね、私、死ぬのは怖くない……その時、全てが終わるんじゃないと思うと怖くなるのかしら……でも全てが終わることを私はよく知ってるわ……〟

自分の腕の中で、とても静かに眠っていたリチャードの蒼ざめた顔を思い出した……

「彼だって死を恐れてはいなかった。でも彼は落ちぶれることには耐えられなかったはず。貧しくなったり忘れられるのは耐えられなかったはずだわ。そうね、私にとって、女にとって、それは同じ、ちょうど同じことだわ……私は生きるに値する人生が欲しい、でなきゃ生きててどうするの？……私がもう誰も喜ばせられなくなったら人生は私に何をくれるの？……私はどうなってしまうの？……厚化粧の老女になって……恋人たちにお金をくれてやって……ああ、恐ろしい、恐ろしい！……首に石を括りつけて海の底に沈んじゃった方がましだわ……私の顔を見たら、お祖母さんになるって分かっちゃうのかしら？〟

涙が頬を伝った。彼女は腹立ちまぎれに手の甲でそれを拭った。

〝やることは何もないわ。何も……〟

彼女は身震いして、炎が上がるのを見つめた。何という静けさ……ただ蛙の鳴き声だけが夜を満たしていた。海が輝いていた。マリー＝テレーズはどうしたかしら？

〝あの子がそんなに可哀想かしら？　これが人生よ、結局は……もしかしたらあの子、いつか過ぎ去った苦しみを懐かしく思うんじゃないかしら？　愛されて幸せなある日……あの子、私より幸せになるかしら？〟

彼女は煙草を吸い、その灰が灰皿に落ちるのを眺め、一本ずつ暖炉に投げ捨てた。大きな袖の下で、寒そうに両腕を組んだ――

〝以前は、ちっとも寒くなかったのに……今は窓を開けて風が吹き込むと、とたんに骨まで冷え込む感じがするわ……〟

寝付けなかった。心臓が密かに鼓動した。舞踏会を、ものにした男たちを、宴を思い出そうとした。ああ！　あれより素晴らしいものがこの世にあったかしら？……

自分が姿を現す、すると自分を取り巻く全てが……静まるのではなく……注意深くなって……皆の眼差しの中に、私は自分の美しさ、自分の力を確実に読み取った……私を愛したあの男たち……

〝私はそれしか愛さなかった〟彼女は思った――〝彼らの欲望、彼らの屈服、彼らの狂気、私の力と快楽……でも多くの女たちが私のようなもの……あの人たちは私みたいに苦しんでいるかしら？……良妻賢母ならぬあの全ての女たちは？……そうね、きっと、きっと。人生の意味を快楽に見出し、それが逃げ去るのを目撃するのは恐ろしいこと。でも、この世に他に何があるの？　私はただの無力な女……〟

彼女は両手を暖炉に延ばし、それから立ち上がった。ピアノの蓋が開いていた。いくつか調べを弾いて……そうね、音楽、詩、書物……だが彼女にはよく分かっていた、そうしたものは誘惑するのに役立つだけだと。憂鬱だったり疲れた時は、最も美しい顔でもうんざりさせ、嫌われかねなかったから。彼女にとって、大方の女たちにとってと同様、それらは何も意味せず、何も自分に与えてくれなかった……情熱的で悲しい何行かの詩、一つの美しい調和的な楽節、それはある男、その男一人に捧げるもので、男が去れば何も残らなかった。

〝私、正直だわ、私って〟彼女は苦笑まじりに呟いた。静かな部屋の中で笑いが驚くほど響いて聞こえ、彼女はびくっとした。

ゆっくりと彼女はベッドに戻り、横になって、眠った。

彼女はマリー＝テレーズが死んだ夢を見た。暗く、閉じられて、形が定かでない部屋に自分がいて、ベッドの中でマリー＝テレーズが横たわって、死んでいる夢だった。娘が死んでいることが彼女には分かった。ところがベッドに就いた蒼ざめた娘は、話し、見て、聞いた。そして消えかけた写真、鏡に映る影のように本当のマリー＝テレーズに似ていた……マリー＝テレーズは横向きに寝て、静かに優しく微笑んでいた。グラディスは蒼ざめ窪んだ頬のきれいな輪郭を見た。マリー＝テレーズが両手を上げた。彼女がこう言う声が聞こえた——

〝どれだけあなたが好きかしら、愛しいママ……私は決してあなたしか愛さなかったわ……〟

彼女は空《から》の小さな子ども用ベッドを見せた。そして夢の中で、グラディスは激しい不安に駆られながら身を屈め、そこに子どもがいないのを見た。そして思った——〝私、よく分かってた、本当じゃない、いるはずない、子どもなんていないって……〟自分の中で異様な安堵がこみ上げ、至上の歓びが体に広がるのを感じた。彼女は言った——

〝子どもはどこ？〟

だがマリー＝テレーズは穏やかに微笑んで答えた——

〝子どもなんていないわ。何の話？　あなたが私の子どもよ〟

グラディスはマリー＝テレーズの額に触って、尋ねた——

〝あなた、治るわね？　私、とてもあなたを愛しているわ……〟

この瞬間、どれだけ彼女が娘を愛したか……マリー＝テレーズは言った――

〝いいえ、私が死んだのが分からない？　でもこの方がいいわ。この方が何もかもいいのよ〟

自分のベッドの側でジャンヌの声が聞こえ、彼女は目を覚ました――

「マダム、早く来てください！……早く！……お嬢様が！……」

彼女は尋ねた――

「子どもが生まれたの？……生きてるの？……」

彼女は恐ろしい不安と恐ろしい期待を感じた。

「ああ！　マダム、すぐ来てください！　すぐに！……」

彼女の部屋で、マリー＝テレーズは血まみれのシーツの上に横たわっていた。死んだ自分の胸の上に、自分の子どもをきつく抱きしめていた。

「この方、呼んでくださらなかったんです、マダム」ジャンヌが言った――

「一人で子どもを産んだんです、お気の毒に……多分出血死です……私、叫びが聞こえて来たんです。でも叫んでたのは、この方じゃなく子どもでした。この方は亡くなっていました。援けも呼ばず、一人で、たった一人で……」

グラディスは動かない顔にちょっとずつ歩み寄った。どれだけ彼女の夢と違っていたか！……その顔には憎しみと恐怖と、恐るべき勇気が浮かんでいた。強張った両腕で、全力をこめ、マリー＝テレーズは哀れな子どもを抱きしめていた。子どもは血まみれで喘《あえ》いでいた。だが生命がどっと流れ込み、その全身を揺さぶっていた。

12

一時間後グラディスは自分の部屋に戻った。ようやく陽が上っていた。彼女は長い間部屋の端から端を歩き、それからベッドに身を投げて目を閉じた。だがすぐに隣室でジャンヌが寝かせている子どもの弱々しく甲高い泣き声が聞こえた。彼女は大きな呻き声を上げた――

「マリー＝テレーズが死んでしまった！」

言葉を発した時、初めて、涙が溢れた。マリー＝テレーズの部屋に戻った。ジャンヌが全て片づけていた。マリー＝テレーズは横たわり、蝋のように青白い小さな顔は後ろにのけ反って枕に深々と埋まり、体の上で両手を組んでいた。グラディスは震えながら、その冷たい足に白テンの掛物を被せた――凍えた足を思うと堪《たま》らなかった。一瞬、彼女は子どもの存在を忘れた。子どもはもう泣き止んでいた。マリー＝テレーズの顔は取り乱した悲劇的な表情を失い、より厳しく、冷たかった。優しく、マリー＝テレーズは彼女の髪を撫ぜた。

「あなた」しゃがれた嗚咽を上げ、彼女は言った。

時折、悲しみが消え、一種の茫然自失だけを感じた。自分の苦しみを掻き立てようとした。

自分自身の中でイメージ、記憶を呼び覚まし、その時はぞっとするほど鋭い絶望を感じた。

カルメン・ゴンザレスが到着すると、彼女はカルメンの方へ身を投げ出し、手を握った
――

「この子が死んだの、あなた分かった?……この子、死んでるでしょ?」

彼女は呟いた。

「自殺したの?」カルメンはすげない声で尋ねた。

「自殺?……まあ、違うわ……可哀そうに娘は……なんでこの子が自殺なんて? 違うわ、事故よ、たぶん失血死……この子、誰も呼ばなかった……なんで、なんでこの子、呼ばなかったの?」

「聞いて」カルメンは言った――

「こうなったら泣いたってしようがないわ。不幸はもう本当に起こってしまったんですもの、娘さん、お気の毒に……でも、全て一番うまく行くかも知れないわ……どうしたの?」

グラディスが身動きしたので彼女は言った――

「物事はありのままに見なきゃ。この人どうなってたかしら?……後になって誰と結婚したでしょ?……持参金目当てか、ならず者か……そしてあなたにとっては、もし人に知られたら……」

グラディスは聞いていなかった。絶望的に思った――

〝私のせいじゃないわ。この子は非難の一言も私の口から聞かなかった。私、この子のためなら何でもしたでしょうに……〟

「さあ、どうするの?」カルメンは言った――「あなた、死人みたいな顔色をしてるわ。横になって、私たちに任せなさい」彼女はジャンヌに目をやりながら付け加えた。

「ああ、何かまだやることは?」

グラディスは両手で顔を被いながら言った――

「この子は死んだ……死んでしまったって言ったでしょ……やることなんて何にもないわ……」

カルメンは肩をすくめた――

「もしあなたが世間中に知られたいならね……さあ、横になって、何にも心配しないで……」

彼女はグラディスを横にさせて、指でグラディスの裸足を温めた――

「あなた、冷え切ってるわ……」

この言葉、この仕草はグラディスに死んだ娘を思い出させた。

「ああ! マリーーテレーズ!……マリーーテレーズ……」

彼女はいきなりしゃがれて激しい嗚咽を洩らしながら呻いた。その唐突さと激しさがカルメンを驚かせた。

「マリー＝テレーズ！……マリー＝テレーズ……この子の哀れな冷たい小さな足、冷え切った手……」

長い間、彼女は泣き続け、それから暗く坐った目をして、じっと横たわっていた。カルメンは彼女の隣に坐り、その手を軽く叩いた――

「さあ、さあ、しっかりして。どうするの？　そうしてたって彼女は戻らないでしょ？　そりゃ取り返しのつかない不幸でしょうけど、だけど……どうするの？　子どもは？　赤ん坊は？」

「赤ん坊？」グラディスは小さな声でオウム返しに言った。

「そうよ。あなたは側に置きたくないでしょ？」

「いや、いやだわ」グラディスはなんとか言葉にして吐き出した。

「できない……私にそれを求めないで……それは無理だわ……」

「聞いて。私に正直に自分の考えを言わせて。勿論あなたの思い通りにすればいいけど……私を信じて――中途半端なことをしちゃいけないわ。もしあなたが望むなら、あの子をもらって自分の側で育てなさい。でもあなたの側に置くのも、あなたの名前を与えるのも嫌なら、あの子にとってもあなたにとっても、すぐに手放した方がいいわ。孤児院に託してお終いにした方がいいわ。それに後で考えが変ったら、いつでも取り戻せるしね。そうじゃなく、あなたの遠くで誰かに育てさせて、自分はこっそり、誰にも何にも知られず、時々見に行くなんて思ったら、それは夢みたいな話。恐喝されるのが落ちよ。分かるかしら？」

「いや、いや」グラディスは言った――「それはだめ、孤児院はだめ……遠くであの子を育てる……誰にも知られないように……必要なものは私が出すわ……」

「お金を使えば、何だって可能だけど」カルメンはため息交じりに言った――「お望みなら、乳母を見つけましょ……ここから離れた……」

「そうね」

「私が万事整えるわ。心配しないで。幸い自然死ですもの。役場に知り合いがいるし」

彼女は身を屈めグラディスに耳打ちした。

「こんな時役に立ってくれる……子どもはベイの私の家、私の産院で生まれ、父母の素性は分からないことにして出生届を出すわ……他の書類と一緒に通るでしょ……それなら人の口から洩れるのも防げるし……あなたの娘さんは、肺病で死んだことにできるでしょ、どう？……それで最近彼女を見かけなかった説明がつくじゃない。だいたいニースに人はいないし、戦争中ですもの……近所で起こることなんて誰も気にしないわ。不幸中の幸いね。ジャンヌは口が堅いんでしょ、どう？」

「そうね」グラディスは呟いた。

「あの人を呼んで」

ジャンヌが姿を現した。顔が紅潮し、手が震えていた。彼女は胸に新生児を抱き締めていた。

「あなた以外、誰も知らないわね？」カルメンが尋ねた――「もしあなたが秘密を守れば、マダムはあなたに御礼するそうよ」

「赤ちゃんをどうするんです？」ジャンヌが尋ねた。

「乳母に預けるのよ。あなたはどうすればいいと思う？」

「ご覧になりたいですか？」カルメンに答えず、ジャンヌはグラディスに尋ね、子どもを差し出した。

「いやだわ」グラディスは噛みしめた唇からやっと言葉を発した――

「私、見たくない……」

「子どもに罪はありませんよ」ジャンヌは呟いた。

不意にグラディスは恐ろしい疲れを感じ、肩をすくめて言った――

「いいわ、私によこして……」

「結局、マダムはお祖母様じゃありませんか」

ジャンヌは怒りに震えながら言った。

蒼ざめたグラディスの顔が朱に染まった。血迷いほとんど狂った表情が顔を過った――

「連れてって！……連れてって！……私、この子は見たくない、絶対に見たくないわ！……私、この子が憎い！……お金は上げる、持ってるものは何でも上げるわ、でももう見せないで！……」

「私がこの子をいただきますわ、マダム」ジャンヌが叫んだ。

グラディスは泣きじゃくり、カルメンの腕を掴みながら、再びベッドに倒れ込んだ――

「何もかもあなたがやって！……私をほっておいて！……私を哀れんだりしないで！……あなた、私に死んでほしい？……いいわ、私が死んで、マリー＝テレーズが生き返るなら喜んで死んでやるわ！……ほっといて、私をほっといて……私、その子が見られないの……私には何でもない！……その子を認めない！……そんな子いない！　この世にいるなんて知りたくもない！……その子を連れてって……」

ジャンヌが子どもと一緒に屋敷の外に出たとたんに、グラディスを捕えていた荒々しい怒りは収まった。彼女はカルメンを押しのけ、娘の部屋に行き、泣きじゃくりながらベッドの足元に身を沈めた。心が引き裂かれていた。彼女は呻いた――

〝どうしてあなたはこんなことをしたの？　マリー＝テレーズ……どうして私を置き去りにしたの？……私は一人、今、一人ぼっちよ……ディックは死んでしまったし、あなたも、我が子のあなたも……もう世界に私を愛してくれる人なんか一人もいない……〟

カルメンが喪服を彼女に持ってきて、着るのを手伝った。グラディスは黙り込み、震えていた。いつにも増して美しく、目は乾いていて、熱っぽかった。時折、両手を胸にピッタリ押しつけて思った――〝もし泣けたら、こんなに苦しくないのに……〟

だが彼女の目から涙は一滴も零《こぼ》れなかった。ただしゃがれて辛そうな小さな嗚咽が時々口から洩れた。

「こんなことも過ぎ去りますよ」

きつく、蔑《さげす》むような眼差しをグラディスに据えながら、カルメンが言った――

「さあ、こんなことだって過ぎ去りますって……あなたは長い間母親でいるには女であり過ぎるし……長い間苦しむには若過ぎるわ……」

「何も言わないで」グラディスは小声で言った。

「さあ、手続きのために、あなたの書類をくださらない？」

「でもここには何も持ってないわ……」

「しようがない、大丈夫、何とかしましょう……でも、さて、お気の毒な娘さんはいくつだったの？　十五歳って、本当？」

「いいえ、本当じゃないわ――」グラディスは呟いた。「カルメン、あなた、よく知ってるくせに、十九歳よ」

「私を信じてくださるなら、皆が思ってる歳を書き入れておくわ――十五歳って……こうして髪が解けて、横になってると彼女は子どもみたい……人は真実を疑ってもみないでしょ……彼女の思い出のためにも、あなたのためにもその方がいいでしょ……」

「私のために……」

グラディスは呟いた。だが彼女はそれ以上何も言わなかった。

一体それがマリー＝テレーズにどうしたというの？　彼女はカルメンの手に一枚の小切手を渡した。

「これはジャンヌのため、子どものため……この先、彼女、私にまた会いに来るといいわ……子どもには何不自由なく、幸せになって欲しい……そしてこの先のことなんて、誰に分かるでしょう？……私には、世界に誰もいない……」

「そうね、誰に分かるでしょ？」カルメンがオウム返しで言った。鋭い知的な表情が重苦しいその顔をかすめた……

「いつかあの子を養子にすることだってできますよ……もしかしたらあなた、いつかあの子を愛すかも知れないわ……母親のように……誰に分かるでしょ？」

13

グラディスはマドリッドに発った。戦争が終わるまで（訳注：第一次世界大戦の終結は一九一八年十一月）その地で暮らし、それから旅をした。一九二五年、彼女はパリに戻った。その年の大晦日、彼女はモンマルトルのナイトクラブで踊っていた。この季節に流行っていた地下にある赤壁の狭い店だった。夜明け時だった。躍り手たちの顔は疲労で引き攣っていた

――ダンスは重く酔いしれているようだった。音楽はもう皆の足踏みを刻んでリズムをつけるこもった太鼓の響きばかりだった。何組かのカップルたちはもう踊らず、思うことも、欲望もなく、空っぽの頭で腕を揺すり合いながらゆっくり歩いていた。

グラディスは他人たちの中で踊った。最初の年が過ぎ去ると、彼女は娘の喪に白い服を着た。彼女には白がよく似合い、まだ白い服を着ていた。彼女は変っていなかった。髪は同じブロンドで、顔は以前と同じようにきれいだった。ただ頬のシミが目立ち、疲れた時は肌の下に繊細な骨の形、頬骨、目の窪みがかすかに見分けられた。瑞々しい肌の下に骨格の幻影が現れた。とにかく肌は奇跡的に瑞々しいままで、彼女は若い女性の優しく、しなやかなスタイルを持ち続けていた。

その朝、カーテンの襞の間を抜けて来る夜明けの最初の陽光の中で、ふんわりした薄いブロンドの髪が後光のような輝く煙で彼女の額を包んでいた。唯一目につく老いの兆候は何としても埋められない頬の窪みだった。白くて長い背中をむき出しにしていた。踊りながら、彼女は小さな頭を軽く傾け、大きな目を伏せたまま、うっとりするような疲れた優美さをこめて、自分を取り巻く男たちに微笑んだ。

時折、奇跡的に、ダンスする塗りたくったミイラたちの中に、若い顔、若い体を見た時だけ、彼女の記憶の中でマリー＝テレーズの姿が蘇った。自分を抱き寄せる男、恋人の腕の中で踊りながら、彼女は絶望的な愛情をこめてマリー＝テレーズを思った。だがマリー＝テレーズは死んでしまった……〝あの子は私より幸せだわ〟彼女は思った。女たちがすっかり、まるで無邪気にそれを忘れられる通りに、彼女はその死の状況を忘れていた。心の中で思い浮かべるマリー－テレーズは、子ども、彼女を愛していた子どもの顔つきをしていた……彼女はため息をつき、悲しくあたりを見回した。だがこの踊っている人間たち、この煙、この空いたボトル、それは彼女の人生のありふれた道具立てであり、そこでマリー－テレーズを思っても、自分の部屋で思うのと同じくらい非難されることはないと思われた。しかし、彼女はその姿を追い払った……何になるの、過去を悔やんで何になるの？……これから生きる時間はほんの少ししか残っていない……この暗い倦怠を紛《まぎ》らさなきゃ。彼女は自分を腕に抱いている男を見た。

彼女の情愛は激しく捨て鉢になった――恋人は今や、一日、一時間のものだった……自分の力を確信し、男を狂わせ、以前のように苦しめていると確信せずにいられなかった。彼らが苦しむ時、一瞬、彼女の心は安らいだ。だが事はそれほど簡単ではなかった……戦争以来、稀になったのは一人の女のために苦しむ男たちだった。それに彼女はもう最高に愛される女、一群の女たちの中で抜きんでた女、その輝きが全てのライヴァルの美しさを消し去る女ではなかった。男たちの視線が真っ先に注がれるのはもう彼女ではなかった。確かに、彼女は今なお、苦も無く愛と欲望をそそった。だが男は彼女に飽きてしまった。歳月が経つにつれ、男はますます直ぐに彼女に飽きた……彼女はさっさと身を任せた。とにかく今時の男たちが愛に性急であることはよく分かっていた。だがその乱暴で無口な欲望に従うには、彼女は憧れられることに慣れ過ぎていた。彼女には愛されているという確信、愛の言葉、時間、男たちの嫉妬が必要だった。そして時として、一種捨て鉢な熱さが彼女が愛した青年を驚かせ、密かな警戒心を呼び覚ました。

〝しつこいのはご免だ〟彼らは思った。〝彼女はきれいで魅力がある、だが女ならいっぱいいるんだ……〟

時には、彼女が愛されたいと望む通りに彼女を愛する男が見つかった。彼は他の男より若く、純真だった。だが彼女はその男にすぐ飽きてしまった。

彼女は思った――〝だめね、簡単過ぎる……でももう一人、彼の友だちはまだ私を見てないわ……ああ！　神様、もう一度私にそれをお与えください……もう一度、もう一度だけ、以前のように、狂ったように、完全に、男を引きつけて……そうしたらそれでお終いです、私、魂の死んだ老女になります……〟

だが彼女はこの恐ろしくも軽躁な興奮、血を燃やす熱、それに戦争に続く歳月の狂った、荒々しい、悲劇的な生活を愛した。彼女は思った――

〝ああ！　若くなきゃいけないのは今だわ……〟

自分の青春の思い出は、彼女を妬《ねた》ましい苦しみで満たした。隣に坐った男の手を掴んだ。その目を探った。不安に慄《おのの》く顔を彼の方に差し出した。男たちはなんて変っちゃったの……

リチャード、マーク、ジョージ・カニング、ボーシャン……そして今は、この退屈した顔、この冷たい目、この疲れた声、この束の間の乱暴な欲望……

彼女は明け方に帰った。車の周囲で、鉛色の街が目を覚ましていた。セーヌの上を風が吹き抜けた。胸が締めつけられた。自分の青春の時間、無蓋の四輪馬車、白い長手袋、宮廷風恋愛を思い出した……

〝彼らが変ったですって？……哀れなお馬鹿さん……変わってしまったのは私よ、私……皆が消え去る？　いいえ、私たちが消え去るのよ……〟

彼女はからかい混じりの悲しい気持ちで溜息をついた。だが白粉で曇った小さな鏡で自分を見ると、奇跡的に若い姿が目に入った。彼女は思った——

〝これは夢……私はまだきれい、以前通り若い！　三十過ぎなんて誰が思えるかしら？……〟

確かに一九二五年、女の歳はさほど問題にならなかった。四十歳、それは青春だった。

〝なんで四十になるのが怖かったのかしら？……私、もう一度四十になりたい……四十歳、力が漲《みなぎ》ってるわ、それは開花期、それは青春……そう、だけど……五十……五十になったら……ああ！　それは、それはずっと辛い！……〟

彼女は密かに絶望して、隣に坐った男の手に自分の胸を触らせておいた。

〝そうね、さあ、あなた、探せばいいわ、こんなに美しいのは見つからないわよ！……〟

確かに……でもこの男が知ったら……――〝グラディス・アイゼナハは五十歳〟って聞いたら、この男、どう思うかしら？……喧嘩になったら何て言うかしら？　もし〝いい年をして……〟なんて言ったら、私、恥ずかしくて死んじゃいそうだわ……

〝もしこの男が私を愛していたら〟彼女は思った。〝話は別でしょうけど……でも私を愛する者なんか世界中で一人もいない……〟

彼女は痛切に愛の言葉を聞きたかった……以前のように……一体それはもう存在しないの？　それともきっと（これが彼女を絶望させたが）男たちは他の女のためにそれをとっておくの？

彼女は自分を安心させようとした――あれは時代のせいだった……あのがさつな図々しさ、せかせかしてがつがつした抱擁、そしてすぐにあの冷酷で下劣な仕打ち〝女はほっとけ〟会う時は退屈して疲れた顔をして現れ、女みたいに愛の証に値段をつけて、女が〝私を愛してる？〟って聞くとこう答えるの――〝ああ！　君はなんて時代がかっているんだ、千九百年だね……〟

だがその世代は去った。年長世代と反対の、熱くて、センチメンタルで、辛辣な青年たちが取って代わった。だが彼らは少しづつ彼女に魅かれなくなったようだった。なにしろ体と顔が若いままでは十分ではなく、その上ちょうど二十歳の子どものように話し、感じ、考える必要があった。やり過ぎず、時代遅れにならず、へつらいもせず……

彼女は少女のように美しく瑞々しいイギリス人の少年の愛人になっていた。彼の腕に抱かれている間、

「You are fond of me?（私が好き？）」彼女はおずおずと尋ねた。

何度も同じ質問をしたことをもう忘れて。

「Oh! hang it all, Gradys, a fellow cannot jabber all night about love（いやだぜ、グラディス、男は一晩中愛についてぺちゃくちゃしゃべれないよ）」

少しずつ、彼女の中で大きくなったその暗い不安が、彼女を売春宿に導いた。そこなら、少なくとも、欲望に偽りはなかった。やり手マダムの小さな待合室で待つ度に、彼女の胸は重苦しく、素早く鼓動し、彼女は以前の陶酔を思い出した――血の中に残った毒のように、彼女はいまなおそれに毒されていた。

あらゆる情熱と同じように、それは一瞬たりと彼女の心を休ませてくれなかった。吝嗇家がひたすら黄金を、野心家がひたすら名誉を思うように、グラディスの全存在が男の気をそそりたい欲望と年齢の強迫観念によって磁気を帯びていた。

〝この年を隠すほど簡単なことなんて何もなかったけど〟彼女は思った。

戦争がかつて彼女を知っていた者たちを一掃していた。それに彼ら自身が……時はあっと言う間に過ぎる……誰にとっても忘却はとても深い……そして女たちには、人が思うのと裏腹に、年齢に関わる一種の仲間意識が存在した。〝私、あなたを馬鹿にしないわ、だから、あなたも私にご容赦をね……私、あなたを満足させてあげる、あなたがきれいだって言うわ、

でも機会があったら、あなたも私のために一言言って。若い頃のプライドを取り戻して、そんなにおじけず、卑下もせず恋人に微笑ませてくれるちょっとしたお誉めの言葉を……私、あなたの年を忘れたふりをするから、あなたも周囲の人たちに私も五十を過ぎたことを思い出させたりしないで。私を哀れんで、私、あなたに酷いことをしたり、裏切ったりしない、私の可愛そうな姉さん、私のお仲間……私、言うわ――馬鹿馬鹿しい、あの人見かけ通りの年よ……って。私、言うわ――知らない？　あの有名女優……彼女の恋人が浮気してるって。彼女、彼にお金を払うかしら？……そもそも何をご存知？……それで何人の若い女たちが放っておかれているかしら……私、年の行った女性に非難の声なんか絶対上げないわ――あなたも同じようにして……〟

グラディスは真っ先に、微笑みながら言った――

「どうして女の歳の話をするの？……この時代、誰もそんなことに興味を持たないわ……きれい、魅力的、女にそれ以上何がいるの？」

以前、彼女は優雅に、投げやりに言うことができた――

「人生って長すぎる……こんなたくさんの歳月、あなたは何をなさるつもり？」

今、一種迷信的な恐れが彼女の唇に上る言葉を止めた。彼女は過去のことも、リチャードのことも、マリー＝テレーズのことも決して口にしなかった。かつて屋敷の壁に飾っていたマリー＝テレーズの写真を全部取り払っていた。なにしろ子どもが着ている服があまりにも雄弁に月日を語っていたから。七歳のマリー＝テレーズの写真一枚しかとっておかなかった。半分裸で、髪の毛が目に掛かっていた。

「私が失った娘」ため息をつきながら彼女は言った。

人々はマリー＝テレーズがほんの子どもの頃死んだと思っていた。彼女自身も終いにはそれを信じた。

彼女は絶えず旅行した。自分で背後の橋を断ってしまうという気がかりは認めなかった。それは時に彼女を女冒険家に見せた。彼女は思った――〝ここは退屈だわ……〟だが、実のところ、彼女はかつて見知った顔、あるいはあまりにも心に思い出を掻き立てる家をまた見てしまったために出発したのだ。彼女を場所から場所へと駆り立てるのは、もうかつての気軽な情熱ではなく、過去からの悲劇的な逃避だった。

彼女が五十になった日、彼女の耳に絶えず――〝お前は五十だ……お前、グラディスは、昨日はまだ……だがお前は五十だ、五十だ、お前は若さを決して取り戻さない……〟という言葉が鳴り響いた日、その日初めて彼女は売春宿に行った。それ以来、心があまりに塞いで、苦くなる度に、自分自身への疑いに苛まれる度に、彼女はそこに行って一時《いっとき》を過ごした。知らない男が普段より熱心で思いやりがあった時、一種聖なる安らぎが彼女の心に流れこんだ。

〝もし誰かに知られたら？〟彼女は思った。〝私は自由……それに人は何と言うかしら？

堕落した女？……ああ！　堕落した女でも、狂った女でも、罪人でも……でも老婆はいや、愛されないなんていや、嫌われたり怖がられたりするのはいやだわ！〃

自分が喜ばせた確信があり、男が讃嘆の目で自分を見た時、愛撫の後でさえ、彼女はほとんど肉体的な、他より千倍も甘やかな歓びの震えを感じた……髭を剃り、冷たい顔をした実業家がいた。十年前なら彼女は一瞥もくれなかっただろう。彼は頼んだ――「よそでまた会えないか？」

彼女は心にえもいわれぬ安らぎがこみ上げるのを感じた。

彼女は現在の女たちがもはや変らず、ゆっくりと、だが白粉と化粧の下でほとんど見えないように腐っていく年齢に達していた。パリは寛大で、他の人間同様、彼女も許した。彼女は優美で洗練されていた。

もし誰かが「グラディス・アイゼナハ？……だがあれは婆さんだ……」と言ったら、たちどころに一つの声が答えた――

「彼女はまだとてもいいよ……若いままでいようとするのは、とても女らしく、とても自然さ……誰に迷惑をかけるわけでもないしな……」

彼女は繊細なむき出しの首を寒風に曝していた。街中で彼女の体は娘に見えるほどすらりとして、顔は、朝か夜遅くに限れば三十、四十に見えた。だが彼女はそれでも不足だった――

――彼女がなおも持ちたいと望んだのは二十歳の自分であり、かつてのように明け方まで踊り、白粉も口紅も着けず、花のように瑞々しく、すべすべしていることだった。

街中で、一人の男が振り返って、彼女に微笑んだ。彼女は情事を求めていない女の落ち着いて無関心な様子で彼を見た。通行人はさっさと立ち去った。そして最初歓びに震えた彼女は、今度は不安な気持ちで記憶を探った。

〝以前だったら、あの男、あんなふうに通り過ぎたかしら？……しつこくしなかったかしら？……きれいな体が自分の前を歩くのを見たり、服の下のヒップの形を想像する楽しみのために、とにかく着いて来たんじゃないかしら？　でも以前のことを思ってどうするの？以前なんてないんだわ……彼女を悩ませ、彼女につきまとうのは、過去への思いと記憶だった……マリー＝テレーズ、もしあの子が生きていたら、今日で二十五歳……彼女は時折思った。青春の盛りに死が連れ去った幸せなマリー＝テレーズ……青春……青春の情熱……全ての情熱は、結局は、悲劇的で、全ての欲望は呪われてるわ、だって、いつだって人が手に入れるものは夢見たものに及ばないんですもの……〟

酔った徹夜明けの、薄暗い朝の暗い夢想、この灰の味、この苦い気持ち、このアブサン――大晦日の晩は彼女にそれらを惜しみなく注ぎ込んだ。

隣のテーブルの、髪を染め、グロテスクでおぞましい胸のしなびたたるみの中に首飾りを吊った女がグラディスに微笑んだ。少なくとも、その目、落ち窪んで老いた目だけは微笑もうとしていた。顔のそこ以外はひどい傷跡があり、白粉が塗りたくられ、縫い直されていて、化粧した表面に自然に微笑が浮かぶことはなかった。

「グラディス……」

酔って、身を強張らせ、滴《しずく》が着き、指輪を飾った手に用心深くシャンパングラスを持って、幽霊がグラディスの方に歩いて来た――

「私が分からないのね……ああ！　あなたにまた会えるなんて、なんて、なんて嬉しいかしら！……それに相変らずとってもきれいね！……同じね、ほんとに。私、リリー・フェレールよ……ああ！　私、あなたを恨んだわ……ジョージ・カニングを覚えてる？……なんてハンサムだったかしら！……彼は戦死したのね。どれだけ死んでしまったか、どれだけ死んでしまったか」

彼女は喚《わめ》いた。

彼女はグラディスの隣に坐り、優しく彼女を見つめた――自分より十歳足らずしか若くないのに、奇跡的な若さを保っている女を見て気を良くしていた……驚くべき恵みは別の女に許されたとはいえ、心に希望を呼び覚ます――〝なんで私じゃないの？　鏡が私に投げ返す姿、私がお金を払ってる若い恋人、それにしたって、なんで私じゃないの？……〟

「で、意中の人はどなた？　グラディス……私はね、私はひどく幻滅してるの、ひどく憂鬱なの……心から信用してた若い男が卑劣にも私を裏切ったの……でもいつだってそんなふう……私には一度もチャンスがなかったわ」

彼女はため息交じりに言った。

「あなたは幸せ？」

グラディスは答えなかった。

「違うの？……ああ！　男たちは変っちゃったわ……あなた、覚えてる？　私たちの時代のこと……」彼女は声を落として言った。

「なんていう礼儀正しさ、なんていう献身……希望の言葉がなくたって、男は一人の女を何年も愛したわ……その女のために世界の全てをなげうったわ……その女のために身を滅ぼしたわ……で、今は？……どうしてそれが違うの？……なんで？……戦争のせい？……」

グラディスは立ち上がって、彼女に手を差し出した――

「ご免なさい……友だちが呼んでるの……さようなら、また会えて嬉しかったわ。でも、私、明日出発するの、パリを離れるの……」

リリーが突然思い出して言った。

「あなたの娘さん、今は大きくなったでしょう？……結婚したの？……」

「いいえ、いいえ」グラディスは急いで言った。恋人が近づいて来たから――

「いいえ、あなた知らなかった？……あの子は死んだわ……」

「そんなことがあるの？」老女は同情して呟いた。

彼女は口紅を塗った唇をグラディスの頬に寄せた。口紅の痕が残り、グラディスは震えながらこっそりそれを拭き取った――

「お気の毒に、お気の毒に……あなたは娘さんをとても愛していたのに……」

グラディスは入口で自分を待っていた恋人と一緒になった。彼はリリーの最後の言葉を聞いていた。

「あなたには娘さんがいたの?」

彼は足元で滑る色紙のテープと潰れた紙玉を通り抜けて彼女を追いながら尋ねた――

「あなたは一度もそんなこと言わなかったな。まだ子どもだったの?」

「そうよ」グラディスは押し殺した声で言った。

「とても幼い子どもだったわ」

雨が降っていた。ブランシュ広場の方に下っていく鋪道は朝の薄日の中で光って、揺れていた。

14

一九三〇年の春、グラディスはアルド・モンティと出会った。彼は美男だった。髭を剃り、すっきりした厳しい顔、ずっしりして男性的な頭、甘さのない目をしていた。その顔立ちにはほとんど非人間的な意志、自制の表情があった。それはもはやイギリス人ではなく、彼らを真似る外国人だけに見られるものだった。人生を通して、モンティは言動において、イギリス人らしく思われるように努めた。その思考まで、充分に純粋で、充分にイギリス流でないことを恐れ、気を配った。彼の財産は乏しかった。それを巧みに管理したが、生活は困難になった。

彼は出会ってほとんどすぐに、グラディスを妻にできると考えた。彼女は美しかった。極度に豊かだった。堂々たる資産家だった。彼は彼女が気に入った。確かに、彼女には複数の恋人がいた。彼はそれを知っていた。だが彼女の情事は決して下劣でも欲得づくでもなかった。彼は数か月の間、策を弄《ろう》し、用心深く彼女に言い寄り、それから求婚した。

二人は共に、パリに住むモンティのイタリア人の友人の屋敷にいた。秋日和《あきびより》で、庭園はまだ陽光を浴びていた。入口に蜜のように穏やかな金色に光る円柱があり、それを通り抜けると女たちのきれいなドレスが輝いていた。

グラディスはモスリンのドレスを着て、ほとんど透けて見え、美しい髪を半分覆う軽いストローハットを被っていた。短く白いベールの中で、不安そうな大きな目は滅多に正面を見ず、すぐ伏せた睫毛の下に逃れた。彼女はモンティの傍らで、裸の子どもの群像が縁石の周りに彫刻された青銅の水盤までゆっくり歩いた。彼女はそれを背にして、何の気なしに、冷たくつるつるしたきれいな子どもの体を指で撫でた。

「グラディス、我が妻になりたまえ……大したものはあなたに差し上げられない、それは分かっている。私は貧しい、だが私にはイタリアで最も美しく、最も古い家名の一つがある。あなたにそれを与えるのを私は誇りとするだろう……あなたは私を愛している、それは本当じゃないのか？　グラディス……」

彼女はため息をついた。そう、彼女は彼を愛していた。長い歳月を経て初めて、彼女は一人の男に明日なき情事以外のものを見たのだ。一人の男が、遂に、永遠に彼女を自分のもとに置き、彼女を安心させ、彼女自身から彼女を守ろうと申し出てくれたのだ。彼女は愛を追い求めるばかりになってしまった自分の人生にほとほと疲れ切っていた。日増しに覚束《おぼつか》なく、難しくなる勝利の数を心配しながら数える、毎日孤独な老年が近づくのを思う……なんという悪夢！　遂に人生の避難所、男の熱く、逞しい胸に身を隠す、行きずりの一瞬の結びつきではなく、第二のリチャードをまた見つけて。彼女は俯いた。彼は彼女のきれいな口を見た。口紅を塗り、不安げで、端が引き攣っていた。だが、彼女は何も答えなかった。彼は繰り返した。

「一緒に幸せになろう……我が妻になりたまえ……」

「それは狂気の沙汰だわ」彼女は弱々しく言った。

「どうして？」

彼女は答えなかった。結婚……自分が生まれた日付け……彼は三十五歳だった。そして自分は……彼女は心の中でさえ、正しい数字を発することができなかった。狂おしく、悩ましい恥ずかしさが彼女を埋め尽くした。駄目だわ、絶対に、絶対に！　それでも彼が自分と結婚するなら、彼はお金だけを望み、ある日自分を捨てるとどうして思わずにいられるかしら、明日でも、一年以内でもないかも知れない、でもあと十年経ったら……そんなのあっと言う間……それで、その時は？……彼はその時まだ若い、そして自分は……〝結局、神が私にお与えくださるのは猶予期間、それだって奇跡だけど……〟彼女は絶望して思った。〝熱が出たり、疲れたり、病気だったりするある日、私は老いて、老いて、老いて、目を覚ます……彼はそれを知るでしょう……〟

「いいえ、いいえ、それは駄目だわ……」彼女は穏やかに言った。

「私たち、義務もどんな種類の拘束もなしにこのまま愛し合えないかしら？」

「もしあなたが私を愛していたら」彼は冷たく言った。

「その拘束はあなたには優しく容易に思えるはずだ。私と結婚しなければいけない、グラディス、もしあなたが私を大切に思うなら」

彼女はその時、金を使い、取りあえずスキャンダルと脅迫のリスクを冒せば、寝ても醒めても、夢でさえ自分につきまとう日付けを身分証明書上で隠すことは可能だと考えた……彼女は女だった。明日よりさらに遠くを見通すことは決してできなかった。

彼女はうっとりするほど美しく疲れた微笑みを浮かべてモンティに言った――

「あなたが思うよりも、私はあなたを大切に思っているわ……」

二人は正式に婚約し、しばらくたって、グラディスは旅立ち、自分の生国に戻った。自分の出生届の写しを手に入れ、日付けの数字を削り、偽造して、生涯に渡って自分に交付されていた全ての書類を修正させた。そうして全てを手に入れると、彼女は自分の生まれた小さな町に戻り、そこで書記が親切に出生証明書を他の身分証明書類と一致させてくれた。それには一財産かかったが、一九三一年の春、彼女は遂に公式に十歳若返ることができた。十年だけ、なにしろ世界のある場所には子どもの大理石の墓があり、そこには嘘だが消せない日付けが記されていたから……

十年。彼女は四十六歳と言うことができた。まだモンティより十歳上ではあったが。この年齢、この汚点、この罪はさらに彼女につきまとった。自分が愛したこの男にとって、彼女はもう一度子ども、逞しい腕に抱きしめられるひ弱で壊れやすい子どもでありたかった。寛大で、母性的である必要があった。だが彼女は愛され、感嘆され、誰よりも好かれたかった、友でも妻でもなく、恋人として、かつての光り輝く少女のように。

彼女はどうしてもモンティと結婚する勇気が持てなかった。

15

五年後、秋のある日、グラディスは自分の家に戻る途中だった。ブーローニュの森に沿った人気《ひとけ》のない通りを辿った。まだやっと四時だったが、もう夕闇が迫っていた。パリの黄昏は湿った森の匂いがした。グラディスは車を返し、刺すような湿った空気を心地よく吸いながら足早に歩いた。周囲に人影はなかった。ただ一匹の犬が、地面を嗅ぎながら、彼女の前を行った。閉じた門の向こうの家々は薄暗かった。誰もいない小庭が雨に濡れて光っていた。

突然、灯ったガス灯の下で一人の青年が彼女の目に入った。帽子を被らず、グレーのレインコートを着た青年は、彼女を待っていたように見えた。彼女は驚いて彼を見て、無意識にスカンクの毛皮のジャケットの下の真珠に手を触れた。彼は彼女をやり過ごし、彼女が数歩前に出ると、初めて彼女を追い始めた。彼女は足を速めたが、すぐに彼は追いついた。彼女の背後でその息づかいが聞こえた。彼女は更に急いだ。その時、彼は立ち止まり、霧の中に消えたように見えた。だがしばらく後、彼を忘れかけた時、再びその足音が聞こえた。彼は黙ったまま灯ったガス灯まで彼女に着いて来て、そこで低い声で呼びかけた――

「マダム……」

彼は痩せた若者の顔をしていた。かぼそく長い首は重たい頭の重みで前に引っ張られたように傾《かし》いでいた。

「僕の話を聞いてもらえませんか？　マダム……怖いですか？……僕はごろつきじゃありません……僕を見てください」

「何をお望み？」

彼は何も答えなかったが、息の音が聞こえる程近づいて、彼女の後ろを歩き続けた。それからメリー・ウィドウ（訳注：フランツ・レハール作曲の同名オペレッタの曲。一九〇五年ウィーンにて初演）の曲を口笛で吹き始めた。最初の二小節を絶えず繰り返しながら。がらんとした街路で、彼女は妙に混乱しながらその口笛とギクシャクしたリズムを刻む足音を聞いた。

彼女は立ち止まり、ハンドバッグを開けた。若者は仕草で拒んだ――

「いや、マダム……」

「それじゃあ、何が欲しいの？」

「あなたの後を着けるのは」彼は低く熱のこもった声で言った――「これが初めてじゃありません。怒りませんよね？　マダム……あなたにとっても初めてじゃないでしょ？……暗がりに紛れて、あなたをつけた男は？……望みもなく？……あなたは一度も僕に注意を払わなかった？……でも、これで一か月、僕は通りであなたを見張ってるんです。あなたが家を出て、夜遅く帰るのを見ています……あなたの友人たちを見ています。あなたが車に乗るのを見ています。それで僕がどんな気持ちになったか、あなたには想像もつかない……でもこれまで一度も一人きりのあなたを見つけることができなかった……怒りませんよね？　マダム」

グラディスは彼を見て、そっと肩をすくめた――

「あなたはおいくつ？」

「二十歳《はたち》です」

「それで見ず知らずの女の後をつけるの？……そんなふうに時間を無駄遣いするの？」グラディスは呟いた——

彼女のデーモン、誘惑したい欲望が彼女を捕え、図らずも、彼女の声は優しくなっていた。

「あなたはいい人に見えますね、マダム。あなたのことばかり考えている貧しい青年に、眼差しと微笑みでしっかり施しを与えようと？……ああ！　実に長い間……」

彼は熱い夢想に震える奇妙な声で言った。

「あなたは子どもね！」グラディスは言った。

「さあ……道理をわきまえて。我慢して聞いてたけど、あなた、よく分かるでしょ、私を放っておいてくださらなきゃ。私には夫がいるのよ！」彼女は微笑みながら言った。「こんな子どもじみた話を悪く取るかも知れないわ」

「あなたにご主人はいませんよ、マダム。あなたは完全に自由で一人です……ああ！　非常に孤独でいらっしゃる……」

グラディスは不安に駆られて言った——

「とにかく、お願い、放っておいて」

彼はためらい、身を屈め、壁にもたれた。彼女は彼が赤いマフラーの端をいじるのを見た。

彼女は更に足早に歩き、車を探した。だが車道はがらんとしていた。しばらくして、彼女はまたしても青年の足音が背後に響くのを聞いた。

今回、彼女は立ち止まって彼を待った。彼が彼女の所まで来ると、彼女は怒って言った
――

「聞きなさい！……もうたくさんだわ！……もう行って、さもないと巡査に会い次第、訴えるわよ」

「だめです！」若者は厳しい声で言った。

「あなた、おかしいわ！」

「僕の名前を知りたくありませんか？」

「あなたの名前？……あなた、おかしいわ！」彼女は繰り返した――

「私、あなたなんか知りません。あなたの名前に興味があるもんですか」

「それは全面的に正しいとは言えません。あなたは僕をご存知ない。それは本当です。でも僕の名前を知ったら、あなたは熱烈に興味を持ちますよ」

彼は一瞬待ってから、さらに声を落として繰り返した。

「熱烈にね……」

グラディスは黙っていた。だが彼は彼女の唇の端が震えて凹むのを見た。

彼は遂に言った――

「僕の名前はベルナール・マルタンです」

彼女は奇妙なため息をちょっとついた。嗚咽を堪《こら》えるように。

「他の名前を期待していましたか？」彼は尋ねた──「僕に他の名前はありませんよ」

「あなたを知らないわ」

「しかし、僕はあなたの孫です」ベルナール・マルタンは言った。

「いえ……」彼女は口ごもりながら言った。

「私、あなたを知らない。私に孫はいないわ！」

彼女はほとんど正直だった──名前のない子ども、二十年前にちらりと見た、泣き叫んでいた小さな赤ん坊の記憶と雨の中で自分の目の前に立っている若者の姿がどうにも結びつかなかった……二十年……流れた時間は彼女にとって、他人たちと同じように緩やかではなかった。

「さあ、お祖母様、諦めなさい。僕は本当にあなたの孫です。僕を信じなさい。証明するのは難しくないですよ──僕はジャンヌの手紙を一通持っています。昔のあなたのメイドですよ、彼女が僕を育ててくれたんです。彼女は死にましたが、手紙は説得力があります。僕の権利は……」

「あなたの権利？……私、あなたになんの義務もないわ！」

「はあ？……そうですか、僕は訴訟に負けますか……でもスキャンダルは？　スキャンダルのことは考えませんか？　お祖母様」

「私をそんなふうに呼ばないで！」

盲目的な怒りに駆られて彼女は叫んだ。

青年は何も答えなかった。ポケットに手を突っ込み、またメリー・ウィドウのワルツ曲を口笛で吹き始めた。グラディスは全身を揺さぶる震えを抑えようと自分の手に爪を埋め込んだ――

「お金が欲しいの？……そうね、私……確かに私に罪はあったわ……ああ、どうしてこんなに長い間、あなたを忘れていられたのかしら？……私、お金を使ってしまったらすぐ知らせてってジャンヌに言ったのよ。彼女は一度もそうしなかった、それで私は……私は忘れてしまった」彼女は小さな声で言った。

「僕は決して何にも不足しなかった。僕が求めているのは金じゃありませんよ……」

彼の嫌悪のこもった口調は彼女の中で全ての後悔と哀れみを一掃した――

「スキャンダル？……きっとそうね……お気の毒様……あなたは片田舎から出て来たのね……あなたが言うスキャンダルなんて、パリでは……」

彼は何も言わず、もの思わし気にかすかに口笛を吹きながらずっと彼女の脇を歩き続けた。

彼女は思った――

〝マリー－テレーズの息子……〟

だが心は密かな恐怖の騒めきに満たされるばかりで、どんな感情も湧かなかった。

彼女は絶望して繰り返した――

「お金は欲しい?」

青年は苦し気に口を開いた――

「そうですね」

彼女はあたふたとハンドバッグを開け、千フラン札を引き出して彼の手の中に入れた。青年は首を振った――

「あなたの恋人は確かにアルド・モンティという名前ですね?」

「あなた、私が怖がると思うの?……私の娘に以前息子が一人いたって、それが私の恋人にどうしたというの?」

「そうですね、お祖母様、その通りだ……でも僕はカルメン・ゴンザレスに話をしました、いいですか、僕はジャンヌに育てられたんです。二人の女は使用人だけが主人を知る通りにあんたのことを知っていましたよ。心のどんな小さな襞《ひだ》も見逃さないほどね。あんたが俺を捨てたのは俺が私生児だったからじゃない、自分の本当の歳を誰にも知られたくなかったからだ。俺はあんたが大嫌いだ」

「止めて!」

「あんたがまだ若く見えるのは本当だ……人はあんたのことを何と言います?……〝あの人、四十歳?……四十五歳?……〟四十五歳で諦めますか?……二十歳の孫、結局、それだってそんなに怖くない……もしかして俺は間違えてますか？　どうです？　どうです？　ああ！　どれだけ近くであんたを見たかったか、あんたが話すのを聞きたかったか！……あんたは俺が想像していた通りだ……でも、駄目、駄目、人があんたのことを、どれだけ見かけが若く、まだきれいだと言ったところで、俺はあんたが化け物だと思ってた。確かに、あんたは化け物だ」

彼は貪るように彼女の方に身を屈めた。彼女のブロンドの髪、化粧した顔を見た、そして彼女は彼の中にオリヴィエ・ボーシャンの顔立ちと入り混じったマリー－テレーズの顔立ちを探した。だがその全てが過去だった。二人は死んでいた。世界に実在するのはただ一人——アルド、自分の恋人だった！……この華奢な、痩せた青年はマリー－テレーズとオリヴィエに似ていた、戯画が魅力的な写真に似ているように。彼は蒼ざめ、重たい髪の毛が額に掛かっていた。唇に剃り傷がつき、長い頬は痩せてほとんど透き通っていた。ただ目だけがマリー－テレーズの目を思い出させた。黒い睫毛の下で熱く、明るく澄んで、痩せた醜い顔の中で光っているのでなおさら美しかった。

彼の方が先に口を開いた。冷たく脅迫するように——

「よく聞け。もし電話で夜を潰したくなかったら。俺は絶えず電話してやるからな。あんたが出ない時は、あんたが開けずにいられないようなやり方で建物の扉を揺すぶってやるぞ。もしあんたがスキャンダルを、俺があんたの恋人に手紙を書くのを望まないなら、俺に会いに来い。俺はフォセーサン－ジャック通り6の学生ホテルに住んでる。毎日六時まで俺は待ってる。来い」

「本当に私が行くと思ってるの？」彼女は努めて笑みを浮かべながら言った。

「あんたが賢明な女性ならな……」

「いいわ、会いましょ、私は……もう行って、お願いよ、一人にして！……私、あなたが思ってるほどの罪はないわ」

彼女は怯えて哀願する調子で最後に言った。

彼は答えなかった。雨に濡れた髪の毛を払い、レインコートの上のボタンを留めると立ち去った。

16

彼女はその晩、モンティを自分の家に引き留めた。二人は開けた窓の前で夕食を摂った。ブーローニュの森は秋の薄暗く、赤茶けた霧にかすんでいた……寒くなり始めた。モンティモンティは窓を閉め直すために立ち上がった。だが彼女はこの冷気を楽しんでいるようだった。

彼女は思った――

〝若い女は、今夜、私みたいに半分裸だったら寒いでしょうけど……私は……〟

強く、しなやかで、若いことを自分自身に証明するためなら、彼女は火を通り抜け、海の上を歩いたことだろう……

パリは湿って、赤茶けた空の下の秋の耕作地のように薄紫色《モーヴ》をしていた。絶えず、ブーローニュの森の木々の下に自動車のヘッドライトが現れ、大きくなり、空間を横切り、枝の間で金の点に変わった。

モンティは身を震わせた――

「本当に？……あなたは寒くないの？……」

「いいえ。あなたはなんて寒がりなこと……恥ずかしくない？」

グラディスはその窓を開けておくのが好きだった。そうしておけばパリの空から落ちる散漫な明るさと、部屋の奥の傘を被ったランプの光で二人には充分だったから。彼女はあまりに鮮烈な照明を恐れた。モンティは煙草を吸っていた。苛立っていた。彼女はそれを感じた。恐れで涙が目に込み上げた時、彼女は思った。

〝彼が私にきつい言い方をしなければいいけど、そんなこともあるから……私、今夜はそれに耐えられそうもないわ……〟

彼女は目を閉じ、記憶の中でベルナール・マルタンの顔立ちを作り直そうとした。彼女が不意に身を震わせたのでモンティは尋ねた――

「いったいどうした？　グラディス」

「何でもないわ、ああ！　何でもないの」涙で擦《かす》れた声で彼女は言った――

「側に来て、アルド……まだ少しは私を愛してる？……ああ！　そう言って、お願いだから……殿方は愛を語るのがお好きじゃない、それは分かるけど」

彼女は努めて笑みを浮かべて言った。

「愛しい、愛しい方……私はとてもあなたを愛してるわ、もし分かってくだされば……あなたを見ると、私の唇は震えるの。十五の娘みたいに私はあなたを愛してる。それであなたは、私に熱の冷めた、ほとんど夫婦みたいな愛着しか持っていないのね。私にはそれが分かるの」

「グラディス、私にほのかで冷めた愛着しか持っていないのは君の方だ。これほど長い間私が申し込んでいることを拒否するんだから。私の妻になれ。私はいつも君と暮らしたい。君とイタリアに帰って、君が我が名を名乗るのを見たいんだ。どうして拒む？」

彼女は首を振り、不安げに彼を見詰めた――

「いや、いや、それは決して言わないでってお願いしたじゃないの。それはあり得ないわ！」

彼は黙り込んだ。彼女はしかし、自分の言葉とは裏腹に、これほど彼の求婚を受け入れ、彼に着いて行き、彼に何もかも話し、もう自分の中でこの恐怖の重荷を背負うのを止めようという気持ちになったことは決してないと思った……彼女にはこの世に他に誰もいなかった。

一瞬、彼女は思った――

〝どうしてダメ？　結局……四十だろうと、五十だろうと、六十だろうと、ああ、何が違うかしら。もう本当の、かけがえのない青春じゃなかったら……〟

彼女は六十歳を越えてまだ愛されている、と人が言うあれこれの女たちを思い出した……

〝そう、そう言ってるのは彼女たちよ〟

彼女は悲しくもはっきりと思った。

〝現実には彼女たちの想い出だけを愛しているジゴロか年とった恋人だわ……もしディックが生きていたら……彼にとって、私は決して年老いてはいなかったはず……ところがモンティは……彼に告白する――「私は六十歳……二十の孫がいるの……」なんて恥ずかしい！……彼には私に感嘆して欲しい、私を誇って欲しい……若くありたい。今まではそうだったのよ。誰も私の年を怪しまなかった。そして今になって……でもあの子のために何ができるかしら？　今になって……悪いことをしたわ……お金なら、それは簡単だけど……でもあの子がお金で満足するかしら？……あの子は間違いなく私を憎んでいる……〟

彼女は両手で顔を蔽った。モンティは驚いて尋ねた――

「どうしたんだ、今夜は？」

「分からない」彼女は絶望して呟いた。「悲しいの。私、死にたいわ。あなたの膝の上で抱いて。私を揺すってあやして」

彼は彼女を抱き寄せた。彼女は彼の胸に寄り添い、その腕に抱きしめられた自分を小さく柔順に感じてうっとりした。彼はこう呼びかけながら彼女の髪を愛撫した――「子ども、愛しい我が子……」時間が消えた。グラディスの心は平穏と悲しみに溶けた。

〝もしこの人が私の本当の年を知ったら、どうしてこんな言葉が口を通るでしょ？……もし二十歳の男がこの人の前で、私を〟お祖母様〝なんて呼んだら？……私は若い、それでも、私は若いの、これは恐ろしい夢……〟

彼女は彼の首に両腕を回し、その頬の軽い匂いを吸い込んだ。眼を閉じ、きれいな鼻孔を膨らませて――

「私、重いでしょ、アルド……放して……」

「鳥のようだ……」

「アルド、私をずっと愛してくださる？」

「あなたは普段、将来を語りたがらないじゃないか？」

「そう、それが怖いから……私の話を聞いて、目を閉じて、正直に答えて。恐ろしく重大な話よ。私が年をとってしまった時でもあなたは私を愛してくださる？」

「私たちが一緒に年をとっていくのをあなたは忘れたのか？……私たちは概ね同じような年じゃないのか？」

「違うわ」彼女は首を振って言った――「年をとるのを私がどんなに恐れているか分かっ

てくだされば……」

「愛しいグラディス、あなたは若くてきれいだ」

「いいえ、いいえ、それは嘘だわ。私は年とった女よ」

彼女は聞こえにくい声で言った。

「今この時、あなたはただの聞き分けのない子どもだ」

「女はいくつまで魅力的でいられるかしら？」彼女はいきなり尋ねた。

「なんて質問だ……きれいで、女である限り……五十でも、五十五でも、まだ何年もあるじゃないか……一生は……」

「そう、一生は」彼女はオウム返しに呟いた。

「私に言わせれば、その時、私たちは老夫婦だ。共白髪《ともしらが》になるだろう？　それがそんなに恐ろしいか？」

「それで愛は消えるの？」

「いや違う。また他の愛になるだろう、それが全てさ。あなたは子どもじみた話をするな、グラディス」

「とても若かった頃」グラディスは言った。「私、年を取ったと感じたら自殺するって自分に誓っていたの。そうするべきだったわ」

彼が口にした優しい冗談は彼女の耳に入らなかった。彼女は目を閉じ、モンティの腕にぴったり顔を押しつけ、わっと咽び泣いた――

「ああ！　アルド、私、ひどく不幸だわ！」

「でも何故なんだ、理由《わけ》を言いたまえ、私が助けられるかも知れない。ああ！　あなたは私を信用しないのか。私はあなたの友ですらないのか」

彼女は彼に腕を巻きつけ、これほど華奢な見かけの女にしては異様な力でしがみついた――

「そう、そう、友達じゃないわ！……あなたは私の恋人、私がこの世で愛する全てだわ！私の言うことなんか構わないで！……一日中馬鹿みたいにいらいらして、ドレスを着間違えて、ブレスレットを失くして、何だというんでしょ？」

「君は甘やかされ過ぎてる、この世には甘やかされ過ぎた子どもだ」

「私をからかうのね、でも……私には私の不幸があったのよ」

彼女は呟いた。

「君はその話を絶対私にしないな」

「話してどうなるの、ああ？　アルド、今夜はあなたを帰さない」

彼は笑いながら肩をすくめた。

「よろしいように」

彼がやっと眠りに就いた時、彼女は彼の隣で横になった。だが眠れなかった。彼女はとうとうそっと起き上がり、隣の部屋に行った。今は彼女も寒さに震えていた……音もなく壁に沿って回った。〝世界で誰もいない、誰一人……〟絶望して、彼女は指を捩じり、頬に涙を流しながら、低い声で呼びかけた――

「ディック、ああ！　ディック、あなた、なんで死んでしまったの？」

だが彼は死に、とうの昔に地中で溶けていた。彼女はマークを思い出した。彼も死んで……ジョージ・カニングも戦死して……一人だけ残っているのは――クロード……そしてあの子、あの未知の青年はグラディス、クロード双方の孫だった。

彼女は紙片を取り出し、隣室のモンティの呼吸をうかがいながら、書き始めた。

〝私を援けに来て……あなたに呼びかけるのを驚かないで……多分、私をお忘れ？　でも私には世界で他に誰もいません……周囲の人たちは皆死んでしまって。私は一人です。時折、私は井戸の底、孤独の深淵の底に生きながら沈められてしまったような気がします……あなた一人が昔の私をまだ覚えていてくださいます。私は恥じます、死ぬほど恥じます、でもあなたに、あなた一人に、私を愛してくださったあなたに、呼びかける勇気を持ちたいと思います……〟

それでも彼女は絶望して思った――

〝彼は私を忘れてしまった……彼も今は年を取って、解放されて、自由に、世間を離れて暮らしているわ。私はまだ地獄で身を焦がしてるけど、彼は静かに、全てから遠ざかって、きっと年をとって、年をとって……どうして彼に分かるでしょう？　ああ！　私は最後の日まで地獄で身を焦がしたかった、老いの静けさと平穏を拒んだ。でも私、償うわ、あの子に許しを乞うわ。あの子のために何でもやるわ。産みの母親が子どもにできることを何でも、マリー＝テレーズならやっていたことを何でも。でもあの子に黙っていて欲しい、アルドには何も知らずにいて欲しい！〃

朝、彼女は書き物机の引き出しの中にその手紙をしまった。だが、決してそれを送るはずもなかった。

17

翌日、十五分毎に電話が鳴った。ベルナールは何も要求しなかった。メイドの声を聞いた時は電話を切るだけだった。とうとう、グラディスは受話器を自分の部屋に持って来させ、震えながら答えた――

「私よ、ベルナール」

「もしもし！」聞き覚えのある声が言った――「あんたですね？　お祖母様」

「昨日千フランあげたわね。何日間かそっとしておいてくださらない？」

「それじゃあ、あんたはこれが全て清算のためだと思ってるんですか？」

声が言った。

「はっきりいいなさい。何が欲しいの？」

「電話で？」

「いえ、いえ」グラディスは呟いた――隣の部屋で物音が聞えた。

「私が電話するわ……」

「ダメだ、来い！」

「いやだわ！」

「お好きなように。ところで、あんたのフィアンセ、私の将来のお祖父様は確かモンティ伯爵とおっしゃいましたね？」

「聞きなさい」グラディスは不安に駆られて言った。

「あなたは危険な遊びをやっているわ。これは一種の恐喝ね」

「とても特殊な恐喝だということはよくお分かりですね……」

だが翌日、彼女は彼の住いに出向いた。彼は薄暗く、息が詰まる、天井が低くて汚い小さな部屋に住んでいた。洗面所の大理石には深い罅《ひび》が入り、ベッドのシーツは黄ばんでくたびれていた。模様をつなぎ合わせた厚ぼったいレースのカーテンが窓に吊るされていた。

「なんて惨めな部屋でしょ」グラディスは呟いた――「いつでもいいからここから出たらいいわ、あなた……」

彼は薄笑いを浮かべて彼女を見た――

「いや……俺に必要なのはそんなことじゃない……あんたには分からん。請け合いますよ、あんたには分からん……」

机の上に開かれた書物があった。床は書物だらけだった。オレンジでいっぱいの皿がベッドの上に置いてあった。

「聞いて」グラディスは言った――「私から何が欲しいの？……私、できる範囲でしか過去を償えないわ、でも……」

彼女は彼が口を挿むのを待ちながら口を噤《つぐ》んだが、彼は注意深く彼女を見詰めた。

「さあ、話してください、マダム、俺は聞きますよ。おかけになりませんか？」

彼女は機械的に彼に従った。自分の手が震えているのを見て、毛皮の下に隠した……

「なんであなたはスキャンダルにしたいの？」

「やっぱり、マダム、あんたは分かっちゃいない……あんたは俺がありもしない権利を証明したがっているとまだ思っていますね。そんなことは分かっています。俺は私生児ですからね。でもそんな問題じゃないんだ。少なくとも俺はそれをじっくり考えたことがありません……俺はあんたには奇妙と思える欲望を感じているだけです、あんたの人生の中に俺の存在を示したい、あんたの素晴らしい平安をかき乱したいという欲望をね。鏡の中の自分を見なさい……ああ！　あんたは今、昨日の女に似ていない、たった昨日、街中であんたを着けた見知らぬ青年をあんなに優雅に受け入れた時の……今のあんたは自分の年を抱えちまってますよ、我が親愛なるお祖母様……さあ、怒っちゃあいけませんよ。俺を否認しちゃいけない。結局、俺はあんたの肉、あんたの血なんだ、どうです？　あんたが愛した一人娘が、あんたに残したたった一つの忘れ形見なんだ。ニースの墓地に建てさせた白い大理石の素晴らしい霊廟からすればあんたが母を愛していたことは分かります。俺はあの墓を見ましたよ……俺はカルメン・ゴンザレスに会いましたよ……素敵な見ものでしたね、母には枕元にあの女を見るより死んだ方がましだったことがどれだけ分かるか」

「誰があなたを育てたの？」グラディスは尋ねた――「ジャンヌ？」

「いえ。あの人はあんたの元を去った後、俺と自分の生活費を稼ぎ続けるために雇われました。そして自分の従妹に頼んだんです。従妹は以前料理人で、引退した給仕長、マルティアル・マルタンという男と暮らしていました……愚直な男で俺に輝かしくはなくても、少なくともまっとうな市民の身分を持たせるために、俺を認知することに同意してくれました……彼は俺がまだほんの子どもの頃死にました。俺はそのジャンヌの従妹、ベルト・スープロス、俺がママン・ベルトと呼んだ人に育てられたんです……」

グラディスは両手で顔を蔽った――

「彼女たちがあなたに話したのね？」

彼は答えず肩をすくめた。二人の女は彼が生まれた晩の細々としたことが決して忘れられなかった。彼女たちはそれ以外のことをあまり話さなかったし、考えもしなかった。役者が自分たちより豊かで有力な悲劇のしがない立会人がそうなるように。当初、彼女たちは子どもに隠してその話をした。そして彼は熱く、貪欲で、根気強い知力の限りを尽くして、二人の女の言葉の端々、ため息、うっかり洩れる眼差しから真実を改めて組み立てた。自分が生まれた晩の記憶、マリー＝テレーズの死、グラディスの態度、グラディスの性格、その全てが、少しづつ彼には芸術作品の魅惑を帯びた。夜、ママン・ベルトの傍らで眠る大きなベッドに彼を寝かしつけると、女たちは食堂の火を熾したストーブの前に腰かけ、編み物を膝に置き、飽きもせず同じ話をまた始めた。半分開いた扉から、少年はベルトの曲がった背中、肩の上の三角の黒いショール、いつも被っている丸髮のついた小さな縁なし帽の下で白髪に刺した長い鉄の縫い針を見た。ジャンヌはベルナールのスモック、ビロードの半ズボンを繕《つくろ》った。少年は眠りかけていたが、その夢の中でまで、ジャンヌの話にまた出合った。夜毎蘇るいくつかの言葉は、ベルナールが暗唱できたほど同じだった――

「ひどいわ、あの黄金に満ち溢れたお屋敷で、あの子には体に掛けるシャツ一枚なかったのよ……お祖母様は気の毒なご令嬢のお墓に十万フラン払ったの。戦前の十万フランよ、それでいて血肉を分けたあの孫が死ぬかもしれないなんて、思いもしなかったんだから……」

ベルナールは目をこすって眠りを追い払い、目覚めて貪欲に聞き耳を立てた。そして心の中で密かで入り組んだ憎しみを温め、育てた。それは彼の人生に渋くとも美味しい味を与えた。

彼は今、冷ややかな興味をこめて、自分の前で動かず、震えているグラディスをじっと見つめた。

「私から何が欲しいの?」彼女はもう一度尋ねた。

「それは別の機会に話しましょう」彼は薄笑いを浮かべて呟いた。

「今日のところ、あんたに何も要求しません。今日はあんたに会って、話をしたかっただけです」

「もう来ないわよ……」

「ああ! いや来ますよ……間違いありません。俺が合図したらあんたはすぐに来ます」

「いいえ」

「いいえ?」彼は冷ややかに笑いながら、オウム返しに言った――

「きっと、あんたは今、出て行こうと思ってますね? こんなふうに――〝私は金持ち。望めば明日世界の果てにだって行ける。この惨めな小僧は追って来ないわ……〟でもね、一通の手紙がしっかりモンティ伯爵を追いますよ」

彼女は何も答えなかった。彼の中にマリー゠テレーズの顔立ちの何かを探した。自分の血と認めるものは何もなかった。ベルナールの声は静かで女性的だった。だが笑いは辛辣だった。彼女はため息をついた――

〝老いはやってくる、あと何年、もしかしたらあと何か月で――〟彼女は思った。

〝静けさと諦めでしかない本当の老いが。私も恋に疲れる日が来るのよ。自然は奇跡を起こさないから、私が産んだ唯一の存在は死んでしまったから、当然この子を？……私は休める場所を、家を持ちましょう……確かに、私はひどい罪を犯したわ、でも……〟

とにかく、自分の魂を前にして、決定的に自分を断罪しなかった人がいるかしら？

〝私は若く、美し過ぎた、人生に、男たちに、世間に甘やかされ、恋に甘やかされていたの……〟

彼女はそう彼に言いたかった、だが鋭く、蒼ざめて醜いその顔、きれいな細い目の底で燃える知的な炎が彼女の口から言葉を封じた。彼女は改めて惨めな学生部屋、曇ったガラス窓、擦り切れた絨毯、そしてテーブルの上の女の写真を見た。

「これは誰？　あなたの恋人？」

彼は答えなかった。

「私はあなたの脅しのせいで来たんじゃないの、ベルナール。そうは思わないで。あなたには分からない。もしあなたが女だったら分かるかも知れないわ、人生の一部を完全な忘却の中で過ごせて、時間の流れるのに気づかず、心の中に男の愛しかなく、それ以外は忘れていられるって。私は敵として来たんじゃないの。私、どうすれば？」

彼は彼女を遮《さえぎ》った。

「出て行こうと思っていましたね？」

「そうね。でも手紙が私の恋人に届くのはよく分かるわ。いいこと、私、弁解しません。何も否定しません。私が望むのはあなたを支援することだけ。私は豊かよ。あなたに人も羨む暮らしを保証できるわ」

「疎遠でいて、じゃないですか？」

彼女は不安げに彼を見た。

「何が言いたいの？」

「あんたはきっと俺にお金をくれたいんでしょ？　でも、もし俺の望むのがそれ以外のことだったら？」

彼女は弱々しく言った。

「あなたを母親のように愛す準備はできているわ」

彼はぷっと噴き出した。

「誰があんたに愛を求めます？　誰が未だにあんたを必要としていますか？　若いジゴロたちか、多分モンティ、そいつはきっとひもなんじゃないですか？」

「モンティは立派な人よ」彼女は静かに言った。

「それで彼があんたと暮らす、六十の女と？……その時、彼はあんたを裏切るんじゃ？」

「そうかも知れないわ」

グラディスは呟いた。唐突で激しい痛みに心が絞めつけられた。

「もっとも俺には関係ありませんがね。俺の話に戻りましょう。金か、遅まきの愛情か、それ以外俺に差し出せるものは何も見当たりませんか？……でも、もし俺に野心があったら？……あんたがくれた身分に俺が満足していなかったら？……元給仕長、マルティアル・マルタンに後から認知された私生児に？……」

「それを改めるには遅すぎるわ」

「そう思うんですか？……そこんとこは考えなきゃならんでしょうね……」

彼は無上の歓びを感じながら、思った――

〝この女、震えてるぜ、婆さんは……だが知ったことか？〟

だが、この時、凶悪で甘美な歓びで彼の心を高鳴らせたのは、輝かしい未来の希望でも、復讐の歓びでもなく、上出来なゲームをやってのけたという満足感だった。

「あんたは一度として俺のことなど考えなかった、違いますか？　二十年の間」

「ええ」

「俺は飢え死にするかも知れなかった」

「ジャンヌには会いに来てって言ったわ……」

「なのに出て行った？　フランスを離れたでしょうが？」

「そうね」グラディスは言った。「数か月で戻るつもりだったの、誓うわ」

「そして、俺を忘れた？」

「そうね」

「犬を忘れるように？」

「ああ！　お願いよ」彼女は手を組みながら言った――「もう過去のことは言わないで……なんという目で私を見るの……なんという憎しみで……」

「アルド・モンティに俺を紹介しませんか？」

「気が狂ったの？……どうして？」

「どうしていけない？」

「できないわ」彼女は呟いた。

「俺を恥じるんですか？」

「私、自分のしたことを恥じるわ」

彼を宥《なだ》める嘘を本能的に探しながら、彼女は言った。

だが彼はせせら笑って首を振った。

「理由はそれだけ？……俺はあんたを許してやるよ。それであんたが娘の過ちを秘密のままにしておこうとしたことを分からん人間がいますかね？」

「だからこそ、私、できない……それは辛いわ、ベルナール……」

彼が笑うのを聞いて彼女は話すのを止めた。きつい笑いに優しい声が続いた。

「さあ、喜劇を演じなさんな。俺はジャンヌを知っていた、あんたはメイドに対して秘密は持てないことをお忘れだ。あんたは自分の年を認めることを恐れている、それが全てだ！」

グラディスの化粧した頬にさっと血が上った。だが彼女はこれだけを答えた。

「私は何より恋人を愛しているの」

「あんたの恋人？　その年で？　そんな言葉を口にするのも恥ずかしいはずだ！」

「私は彼を愛しているの。もし私が彼を失わずにいるなら、それは彼の美徳や、思いやりからじゃないわ。あなたにそれはまだ分からない。あなたは子どもよ。私がまだきれいな若い女で通って、彼の虚栄心をくすぐるから私は彼を失わずにいるの。もし彼が私の年を知ったら、何より私がどんなに嘘をついたか、どんなに心で恥じているか、私にとって老いがどれほどの不幸で、どれほどの喪失か知ったら、彼は私から去るわ。もし彼がそのままでいたら、それはもっとひどい、だってその時、私は彼が望むのは私のお金だって思うでしょうから。そんな、そんな事、私、耐えられない。それじゃ私、死んでしまうわ。私は愛されたいの」

「だったら、どうするつもりだ？」

「あなたには自分の利益が分かると思うわ。スキャンダルであなたが得るものは何にもないわね。法律では私はあなたに何の義務もない。あなたには法律上の父親がいるから。もっとも」

彼女は疲れた表情を浮かべ、肩をすくめて言った。

「法律は何にも知らないけど。私が自由に使えるたった一つのものをあなたにあげる用意はあるわ――お金ね。この先、何年、もしかしたら何か月のうちに私の恋人は私から去るでしょ……私、一晩で老婆になるわ……必ずそんなふうになるのよ」彼女は呟いた――

「その時は、違ったことになるでしょ……でも私に残ったこの時、私は何があっても、どんな後悔や義務の思いがあっても、この時を手放さないわ！」

彼は答えなかった。立ち上がって彼女に近づき、貪欲な興味をこめてまじまじと見つめた。

最後に彼は呟いた――

「行っていいですよ、今は……」

彼女は立ち去った。

18

グラディスは階下に降り、秋の赤茶けた霧を貫いて最初の照明が輝く大通りを横切った。そこは学生街だった。一つ一つの建物、一つ一つの通りが若者のものだった。霧の暈《かさ》に包まれて現れる顔はどれも皆、ひどく貧しく、蒼白く、栄養が悪かった。だが若かった、とても若かった……彼女は憎しみの目をそれに向けた。ベルナールの言葉がまだ心に残っていた。もう一度それが聞こえた……

〝その時、彼はあんたを裏切るんじゃ？……〟

なんと率直に、ほとんど純真な調子で彼がそう尋ねたことか……彼はあんたを裏切るんじゃ？……誰もあんたを愛することなんかできない、あんたみたいな老婆を！　決して、彼女は嫉妬したことがなかった――それほど彼女は自分自身と自分の力を信じていた。だが、今この時、彼女は人生で初めて、その不安、絶望、恐ろしい期待を感じた。

〝彼は私を愛しているの？……私を愛したの？……なんで、なんで、彼は私から去らないの？……彼が望むのは結婚？……お金？……彼は私に忠実？……何で、昨日、彼は来なかったの？……どこにいたの？……誰と？……なんで？……〟

彼が私を腕に抱いた時、愛撫しながら目を閉じたのは、歓びをもっと味わうため、それとも私の顔を見ないため？……この顔、それは本当に若さを錯覚させたの？……

通りの真ん中で、彼女は立ち止まり、バッグから鏡を取り出し、不安な思いで自分の顔を眺めた。そしてすぐに思った。五年前……僅か五年前なら……こんな動作をすれば、男が必ず微笑んで囁いた――「いやいや……実にお美しい……」

誰も彼女を見ていなかった。青年たちが腕を組んで通り過ぎた。グラディスは貧しい身なりの、ベレー帽を斜めに被り、本でいっぱいの通学鞄を手に持った少女たちとすれ違った。

いかにもずんぐりして醜いその中の一人が友だちに叫ぶのが聞えた。

「あいつらイタリアの湖に行っちゃったわ！……」

彼女は〝ジッタリアの〟と発音した。自分の嘲りと驚きをもっと感じさせようと。〝なんでイタリアの湖なんかに行けるのよ？……かっこつけて！……〟と言わんばかりに。だが心ならずも、妬みのこもった悲しみがその声を上ずらせた。グラディスは自分と同じように実現できない夢を知っているこの貧しい太った少女を親愛の念をこめて眺めた……

彼女は家に戻った。胸の中で心臓が絶えず、重苦しく鼓動していた。夜、彼女は眠りを待ったが寝つけなかった。自分の体をせわしなく撫でさすった――

〝私はきれい、それでも、私はきれい……彼はどこでこれよりきれいな体を見つけるかしら……私は六十じゃない、それは本当じゃない、そんなことあり得ない！……ひどい間違いだわ！……なんであの子に会いに行ったのかしら？……私が気にも留めぬうちに、あの子は二十年生きた……私は出発すればよかった。世界の果てに行ってしまえばよかった。でも手紙がアルドに届いたら……アルド……彼は私を愛しているの？……今、どこにいるの？……他の女を愛しているの？……私は彼の何を知っているの？　人は愛する男の何を知っているの？……もしかしたら彼は私を馬鹿にしている？……もしかしたら……〟

彼女は友人の一人、ジャニーヌ・ペルシエのことを思った。彼女は絶えずモンティの周囲をうろついていた。

〝もし彼が知ったら……真実を知らされたら、彼は彼女と一緒になって私を笑うわ。自分を笑いものにした私を彼は絶対に許さない。彼女は言うわ――〝お気の毒なグラディス……あなたが全然気づかなかったなんて。でも女は騙されないわ。彼女は人が思うより年が行ってるって、私、ずっと思ってた、それにしたって……まあ！　それは大笑いね!!!〟

彼女、グラディスは滑稽か？……嫌な女、そう、罪ある女、そう、でも滑稽じゃないわ！……化け物、恐怖の的、でも、お祖母さん、老女、好色な老婆じゃないわ！

彼女はこみ上げる怒りの中で考えた――

〝私が姿を見せるだけで、まだ一番愛される存在になれるって彼に見せてあげる！……ベルナール……あいつは下劣に侮辱して復讐しようとしたけど……私はきれいよ。誰が私の年を見破る？　それにもし人が知ったって〟彼女は最後に考えた、〝五十やそれ以上の女っていないかしら？……そう、自分たちは女だと思ってる、でも人は彼女たちを馬鹿にするのね、気の毒な人たち……もし彼女たちがどんなに人が笑ってるか知ったら！……ああ！　もしアルドが今ここにいてくれたら、全て忘れられるでしょうに……欲望は偽れないわ！　せめて彼がここにいてくれたら〟

彼女は横になっていたベッドから起き上がりながら熱烈に思った。美容のためにウールの細布を巻いた顔は動かさなかった。彼女はいきり立ってそれを剥ぎ取った。なんと落ちぶれたものね！……こんな手入れ、こんな秘密、こんな偽りの若さ、ただ人工的な力だけに支えられて！……このクリーム、この白粉、この染料、夏、水着の下の見えないコルセット……〝すがすがしく、誇らしい本当の美しさを一度も持ったことのない女たちならこんなものが全部我慢できる、でも私は？〟彼女は苦々しく思った。アルドに会って、安心させてもらう必要を狂おしいほど感じた。

〝彼の家に行きましょ。彼、私が狂ったと思うでしょうけど。彼をうんざりさせるでしょうけど〟彼女は絶望して思った―― 〝でも私、このままこうしていられない、一人で、こんな夜に……私、病気だわ。もし死の危険があっても、それでも、私、彼に会いに行くわ。朝までこんなに苦しまなきゃならなかったら、私、死んでしまう〟

彼女は明かりを着けると、鏡に近づいた。そして一瞬、慄きながら自分を見た。見慣れた姿の代わりにもう一人、打ちひしがれた老婆の顔が現れると予期しながら……

彼女は急いで服を着ると外へ出た。モンティは彼女の所から遠からぬ、人気のない街区の中にある小体《こてい》な一階に住んでいた。彼女は歩いて彼の家まで行った、夜中の速足が胸の鼓動を鎮めてくれることを期待しながら。雨戸の隙間は真っ暗だった―― 〝彼、眠ってるわ〟彼女は近づき、軽く窓を叩いた。何も答えがなかった。

〝ぐっすり眠ってる〟

彼女はもう一度、とても小さな声で彼を呼んだ。一度ならず、彼女はこんなふうに彼に会いに来た、だがその時、彼は彼女を待っていた……何もない……彼女は耳を澄ました、すると、突然、閉じたブラインドの向こうでアルドのベッドの枕元に置かれた電話のこもった音が聞えた。だがアルドは答えなかった。彼はどこ？……そして誰が彼に電話したの？……自分を除いて、朝の五時に彼に電話する資格が誰にあるの？……そして彼はどこにいるの？……彼女は怒りをこめて鉄の雨戸を揺すぶった、それから管理人か近所の人間が現れるのが心配になって止めた。通りの隅まで退き、早朝の霜に覆われたベンチに腰かけた。もやが枝から落ちて来た。時折、一滴の雨粒が滴り落ち、彼女のむき出しの首筋をゆっくり流れた。街路灯が揺らめいて消えた。朝になっていた。東にくすんだ陽光が上った。男が一人通った、朝帰りの酔漢で彼女をちょっと罵って姿を消した。静かで豊かなこの通りで、窓を閉めた家々は盲《めし》い、同時に嘲笑《あざわら》うように見えた。彼女は思った――

〝誰なの？〟

彼女は絶望と怒りに身を震わせた。

〝馬鹿ね、私は！……愚か者！……まぬけ！……彼は私を裏切ってる……なのに私、何も分からなかった、何も怪しまなかった！……誰なの？　私、それを知らない方がいいけど〟

彼女は意気消沈して思った。

だが、心の中には、熱い問いかけが残っていた――

〝誰なの？〟

思いっきり手で掻きむしりたい傷みたい。それで死んだって仕方ない……

〝ずっとここにいてやるわ〟彼女は盲目的な怒りをこめて思った。

〝私、それを突き止めてやるわ……彼は嘘をつけるもんですか……〟

それから常軌を逸した希望が心に溢れた――

〝私、ちゃんと叩かなかったのかしら、もしかして……彼は静かに眠ってるわ、誰が知るでしょ?……あの電話は?……私、夢を見たんだわ、多分……誰が夜中に彼に電話する?……私、夢を見たんだわ……〟

彼女はもう一度窓の方に飛んで行き、それを掴んで握りしめたか弱い手で揺すぶり、呼んだ。不安げな犬の吠え声の他、何も反応はなかった。

彼女は優しく呼んだ――

「あなたなの? ジェリー……ジェリー?……」

彼女の声が分かって、犬は吠え、唸った。彼女は絶望して呟いた――

〝あなただけ、あなたも?……彼はあなただけ残したの? あなたもね、可哀そうなジェリー……〟

遂に、彼女はがらんとした通りの中で、一台のタクシーが屋敷の前に停まるのを見た。彼女にはドアガラスの向こうのモンティのシルエットと彼が下ろしてやった傍らの女が分かった。ジャニーヌ・ペルシエだった。ジャニーヌの夫は一週間不在で、明日まで戻らないことを彼女は思い出した。二人は一緒に夜を過ごしていた。彼は正装姿だった。彼女は帽子を被っていないジャニーヌの頭を見た。二人は今アルド邸に戻った。グラディスが何度もやったように、自分たちに相応しく夜を終えるために。

彼女は駆け出そうとした、だが突然立ち止まって、思った――

〝私の顔……〟

こんな夜の果てにそれがどんなにひどいことになっているか……彼女に泣いて、自分の苦しみを見せる資格はなかった。頬に涙が流れるままにする――若い女ならそれで良かった。花に降る雨のようにそれは頬を美しくした……ジャニーヌなら泣くことができた。彼女は三十になっていなかった、ジャニーヌ……その涙はモンティをほろりとさせるだろう。グラディス、彼女は泣けば頬の白粉が溶けてしまうことを思い出さずにいられなかった。

二人が屋敷に入り、背後の扉を閉めるのを彼女は見た。むき出しの凍りついた手を震える唇にぴったり寄せ、長い間ベンチに腰掛け、彼女は屋敷を眺めた。雨戸の隙間から明かりが洩れ、消えるのが見えた。彼女は帰った。

19

それから何週かの間、グラディスは何度もベルナールの部屋に戻った――その惨めな部屋で、彼女は奇妙な安らぎを味わった。そこはもう恐れること、偽ることが何もない地上の唯一の場所だった。彼の部屋でだけ、彼女はやっと疲れた老女として姿を現し、体を崩したまま、いつも真珠の首飾りの下で肌に刻まれた皺が見えないように真っ直ぐ掲げている首を緩めることができた。彼女はベルナールの恋人と知り合いたいと頼んでいた。それは繊細で気難しい顔、額の上でおかっぱに切ったブルネットの髪をした若い女だった。注意深く、鋭い彼女の目は、笑った時も笑わず、暗く深刻なままだった。だが彼女自身が悲しく、物思いに沈んでいるように見えるのに、からかうように光る時があった。ローレット・ペルグランという名前だった。ベージュのウールのスーツ、ベレー帽、一番寒い時でも着るモスリンの花柄の普段着以外何も持っていなかった。彼女は普段着を夜洗い、翌日また着た。出自も、本当の名前も滅多に知られず、クロワッサンとカフェオレで生きているようで、誰の興味もひかず、ある日突然、来た時と同じように消えていくモンパルナスの娘たちの一人だった。グラディスはベルナールが自分に会いに来たのはローレットのため、彼女に金を与えるためだとすぐに分かった。

その日、グラディスはほとんど口も利かず、窓ガラスを流れる雨を見ながら、二人と一緒に長く残っていた。ローレットは胸がちぎれそうな、太くこもった痛々しい咳をした。

ベルナールがとうとう言った——

「マダム、こいつをスイスにやらなきゃなりません……俺たちを援けてくれませんか？……俺は働いて稼ぎたいんです」彼は俯きながらつけ加えた。

「でもどうして？　ベルナール……私はここにいるじゃない、それで……」

「俺はあんたに金を要求したかありませんよ」彼はむっとして言った。

「そうじゃないんだ。分かりませんか？……俺は働いて稼ぎたいんです」

「それなら」彼女は金持ち女の世間知らずで言った――「簡単なはずでしょ、私にはそう思えるけど？」

彼は冷笑した。

「あんたそう思うんですか？　あんたは……あんたはどんな時代を生きてるんです？……どんな夢の中で生きてるんです？……あんたは戦争前に眠りに就いて、それ以来目を覚ましていない、とんでもない話だ！……」

「あなたに必要なお金は全部あげるわ、ベルナール、でもその外、私に何ができるの？」

「あんたには友人が、コネがある……あんたが大臣のペルシエと知り合いなのは分かってますよ……」

「いいえ、いいえ」彼女は呟いた――「それはだめ……不可能だわ……私があなたに差し出すもので満足なさい……」

彼女は熱っぽく、不安そうに身を起こした。夜が彼女をまた活気づけ、モンティの方へ駆り立て、偽りの若さで飾っていた。彼女は小切手をテーブルに投げ、立ち去った。

「あの人また来るわね」ローレットがちょっと笑みを浮かべながら言った。

彼女はベルナールに近寄り、その顔特有の鋭い関心をこめて彼を見詰め、いきなり尋ねた——

「あなたのお母さんなの、あの人は？」

「どうして？……俺に似てる？……」

「二人とも不吉な目をしてるわ、分かる？」彼女はいつもするように、言葉を空中に描きながら言った。彼女は口ずさんだ——残酷なフラゴナールの女たちの不吉な目……（訳注：ジャン・オノレ・フラゴナール（一七三二〜一八〇六）はロココ美術を代表するフランスの画家）

「ああ！　よしてくれ、ロール、そんな言い方は」

彼は彼女を優しく見つめながら言った——

「それじゃ教養のある売春婦になっちまう、最悪だぜ！」

「分かった」彼女は耳を貸さず、微笑みながら呟いた。

彼は荒々しく彼女を抱き寄せた——

「お前は行くんだ、ローレット、お前は治るぞ……」

痩せて軽い指で彼の額を撫でながら、彼女は優しく言った——

「勿論よ。私、戻って来る。私、死なないわ。見て、私が今死んだら、私の人生はこんなふうかしら」彼女は指先で円を空中で書きながら言った。「まっとうで、完全な人生。でも人生は絶対そんなじゃないわ。こんなふうよ」彼女は手で凹凸を示す不規則な線を示しながら言った。線は空中に消えた――「それともこんなかしら……疑問符……」

「戻れ、とにかく戻れ、いいか、俺は血の最後の一滴まで吐かせてやる、あの女に……あいつの名前が知りたいか?……ジェザベルって言うんだ……お前には分からんか、だがそんなことどうでもいい……俺だって、お前のことは何も知らん、だけど愛してるんだ……どれだけ俺がお前を愛してるか、ロール……お前が戻った時は、きれいなドレス、宝石を買ってやるぜ、全部ジェザベルの金でな……分かるさ、お前には分かる……」

ローレットは出発した。半分空の鞄に本を詰め、いつも通りベレーを手に持ち、ベージュの身軽なスーツを着てちょっと寒さに震えながら。彼女の前に多くの人間たちを看護したスイスに彼女は出発した。

20

ベルナールはスイスから息を切らせたような、簡単な言葉で書かれた短い手紙を二通受け取った。それからはもう何もなかった。彼はローレットが死ぬことが分かった。毎日今日にも知らせが来ると思った。彼の苦しみは彼に似ていた――辛辣で、陰気で、悪意に満ちて。激しく歯が痛んだ、もう髭を剃らなかった、本を開かなかった。服を着たままベッドに身を投げ、宵の口まで眠った。夜になると目を覚ました。パリの黄昏《たそがれ》の恐ろしさを捨て鉢な歓びとともに味わった。この貧しい部屋を出て行く力がなかった。どこに行くためだ？……至る所で孤独が、至る所で苦しみ、不安が、そして残酷な憂鬱が彼をつけねらっていた……彼は通りのガス灯の炎が黒い壁に鎧戸の形をくっきり示すまで待った。呆然とガス灯を眺めた。時折、その柔らかい緑の光が彼の中の思いを一掃し、慰めるように心の奥に流れ込んだ。重く、冷たい雨が降った。ロール……彼は彼女がもう死んだかのように、彼女を思い浮かべた……慎ましく、目立たず、繊細な娘で、美しい体をしていた、と彼は思った。悲しく鋭敏な心、一種落胆した淑《しと》やかさを持っていた……奇妙な絶望、彼の心に似て、激しく、冷たく、押し黙った心の痛みがベルナールを捕えていた。夜になると、彼はカフェからカフェへとうろついた。飲んでいる時は、恋人を忘れた、あるいは、少なくとも、もうあれほど残酷な正確さで彼女のことを思わなかった……だが酔いの底でさえ、ロールの不在を、虚しさ、沈んだ飢餓感、真っ暗な憂鬱のように身にしみて感じた。

ベッドに寝そべり、もう誰も繕《つくろ》ってくれないセーターの中で痩せた首を震わせ、オレンジがいっぱいの皿を脇にして、窓ガラスを伝う雨を、酔うまで、朦朧《もうろう》とするまで眺めた。もう死を思わないために、絶望に沈み込まないために、彼は強いてグラディスのことを思い、心の中でグラディスへの憎しみを掻き立てた。

〝あいつが来る心配はない、あの女……あいつが気にかけることなく、俺はくたばれる……それでも、世界でたった一人の俺の血縁だが……〟

彼は小さな声で呼んだ――

「ロール……」

目に涙がこみ上げるの感じて、彼は恥じた。ベッドの上で体を回し、怒ってベッドをしわくちゃにし、このひどく汚い住まいのあらゆるものと同様に黴臭《かび》い黄ばんだ枕に頭を埋めた。

〝ローレット……可哀想に……お前はもうだめだ……ジェザベルの金で、ボンボンもドレスも買ってやれたのに……少しはいい時間を持てたのに、可哀想に……ああ、そんなことさえ……そんなことさえできずに……〟

彼はここまで気弱になり、ここまで惚れこんでいることを恥じ、思おうとした――

〝なんだ……俺にはどうしようもない……他のが来るさ……〟

だがすぐに――

〝ああ、彼女が治ってさえくれたら、戻ってくれたら、俺はジェザベルの息の根を止め、あいつが持ってるものを全部奪ってやる……あいつを苦しめてやる、自分が生まれた日をあいつに呪わせてやる……〟

彼は心の中で自分の恋人と、自分でジェザベルと名づけた女の奇妙な関係を組み立てた
――

〝この世でわずか五分の幸せも知らずに死ぬ二十歳の娘と、未だに厚かましく恋をして、嫉妬しているダイヤモンドを着けた気違い婆《ばばあ》！……まったく、こりゃあ笑わせるぜ……あい

つを殺してやりたい〟彼は時折思った――〝人が俺に何ができる？……何もない！……陪審員の皆さま！……あれは僕の祖母です。彼女は僕を棄て、追い払い、身包《みぐる》みはぎました。僕は復讐したんです――しかし君、彼女は君に金を与えましたね……〟

〝ああ！　俺は熱がある〟彼は呟いた――〝俺が結構なチフスかロールの肺結核にかかって、もっといい世界に母に会いに行くためなら、あいつは俺に何をよこすか！……あいつをとことん困らせなきゃ〟彼は勢いづいて思った。〝それにしても、なんとついてない……全てが逆風だ……俺は千回死ぬところだった！……だがいや、俺はこうしている……こいつは確かに慰めだぞ、だが足りない！　おう、これじゃ足りないんだ！……〟

クリスマスイヴ、ローレットの死が彼に伝えられた。彼は恋人の親に知らせに行くことにした。ロールが引き出しに残した古い手紙を整理して、彼はその存在と住所が分かっていた。彼は閑静で豪華なアパルトマンを見た。喪服を着た、白髪の、首に黒い首飾りをかけた素っ気ない老婦人が彼を迎えた。ローラの母親だった。彼は先ず、ローラは病気でレザン（訳注：スイス、アルプスの保養地）で治療を受けていたと話した。彼女は泣きながら答えた――「終いにはそんなふうになるはずよ……あの子がレザンにいるっておっしゃるの？　でもそれじゃ恐ろしく高くつくわね……子どもって恩知らずなもの……あの子は私から去ったのよ。私の面目をつぶして……これ以上私に何ができます？」

彼女は黒い刺繡をしたハンカチを目に当てながら言った。その胸で黒真珠が揺れた――

「私、半年前に夫を失くしたんです……彼は財産なしに私を残して……ロールにはできる限り厳しく倹約するように言ってやって。自分の娘のことは分かってます――香水、白粉、絹の靴下。私のことも考えて欲しいわ。月に五百フランはあの子に送れるでしょうけど、自分には全てを禁じてね。五年間、母親に一通の手紙も、一言もなくて、必要になったとたんに自分の家族に戻って来るのね……私、あの子に毎月五百フラン送りますよ、ムッシュ」

「まるで無駄ですよ」ベルナールは乱暴に言った――「払うのは埋葬代で充分です。彼女は昨日死にました」

彼は立ち去った。雨が降っていた。凍てつく霧の晩だった。彼はほとんどものも思わず、真っ直ぐ前に歩いた。一軒のビストロに入り、それからもう一軒入った。河岸に面したフレガでは、暗がりの中で黒い水がきらきら光るのが見えた。サンルイ島の小さなカフェの中では彫刻された古い梁がガスの音をたてる炎に照らされ、ルドは埃と垢とチョークで靄《もや》っていた。

それから彼はモンパルナスに戻った。もう一杯飲み、出会った仲間に話しかけた。

「ロールが死んだよ。可哀そうな娘だ……二十歳にもならずに……お前も一杯やるか？……」

彼は一杯飲んで、すぐさま立ち去り、再び暗い通りに出た。ビストロの赤い光がぬかるみを血の色に彩っていた。彼はドーム（訳注：モンパルナスにある有名なカフェ）のテラスに坐った。自分の恋人の死を皆に知らせたい欲求を感じた。誰もが驚いて声を上げた――

「そんなはずが！……」

そしてすぐに――

「彼女は丈夫そうじゃなかったなあ……」

誰かが尋ねた――

「いくつだった？……二十歳、違うか？……」

そして、自分たちと同じくらいの年と聞くと、黙り込んだ。ベルナールは飲んだ。煙の向こうの馴染みの顔を眺めると心の中に暗い怒りがこみ上げた。

長い間、そんなふうにカフェからカフェへとうろついた。

彼はセーヌの方向に下りて行った。酔っていた。頭は熱く空っぽだった。鋪道を打つ雨音を聞いた。ブーローニュの森の方へ、グラディスの屋敷の方へ歩いた。グラディスにまた会いたいという憎々しく絶望的な欲求を感じた。彼は繰り返した――

〝帰ろう、とにかく、帰らなきゃ……寝なきゃいかん〟

だが、意に反し、彼の足が、彼をグラディスの方へ引っ張った。

それから、ロールの母親のことを考えた。死に損ないのあの婆《ばばあ》、あの眼鏡、黒真珠、買い物袋、惨めな人生を何年か延ばすための金を隠す刺繍したクッション。

〝汚い婆め〟拳《こぶし》を握り締めながら彼は思った。

グラディス、ロールの母親——自分たちの立場、金、幸せにしがみつき、子どもには絶望、貧困、そして死しか残さない全ての女たちが、同じ憎悪の中で一緒くたになった。

オートゥイユの側では、カフェはよりまばらに、より侘しくなった。男たちがカードで遊んでいた。その一つで、彼はいくつか音が欠けた古いオルゴールの曲を長い間、聞いた。

二人が出会った時のロールを思いかべた。彼女は自分を赤く照らす焜炉の前に坐っていた。帽子は被らず、赤いウールのタイを首に巻いていた。彼は蒼ざめて繊細なその顔、その眼差しをまざまざと思い出した。

〝あの女には何かがあった……俺が決して見つけられなかった、あいつ自身も見つけていなかった何か……一種のポエジーが……〟

彼は自分の母親を思ったが、その顔を想像することはできなかった。生きていたら母が四十だったことを忘れていた。彼は母を自分やロールと同じくらい若い姉妹のように思っていた。

〝哀れな女たち、あなたたちは死んでしまった。あなたたちは地下に、暗闇の中にいる。そしてあいつらは皆、笑い、踊り、のうのうとしていやがる。俺はジェザベルの肩をひっつかみたい。あいつを揺すって、揺すって、揺すってやりたい〟

彼は怒りをこめて思った。

〝塗りたくった仮面を剥ぎ取ってやりたい！……ああ！　どれだけあいつが憎いか！……

あいつが全ての原因なんだ！……あいつが生きてるなんて間違ってるぜ！……俺はどうなるんだ？……仲間は千人いたって、一人の友もいない、一人の親類も！……俺は働きたい……勉強じゃないぜ……もうそれにはうんざりだ……本に触る以外何もやらないから手が痛むんだ……働く……地下鉄の作業現場だろうと、中央市場だろうと、どこだっていい……で、お前はそれが簡単だって思うか？　こんな危機の時代に、坊や。俺は労働者にならなきゃいけなかった……ママン・ベルトは俺を紳士にしようとすることはなかったんだ……俺にはこの世の全てが恨めしい日がある、それでも神は俺をお許しくださるさ〟彼は悔恨と愛情をこめて思った――〝ああ！　喉が渇く……〟

彼は河岸の隅の開いていたカフェに入った。風でばたばた鳴るテントにはうまく入れず、雨の中、外で飲んだ。寒さに震えた――

〝どんなつまらん仕事だって俺は救われるさ。釘でも板でも打ちつけて、夜は眠りに落ちる。そんな調子で一年、日曜は酔っぱらって俺はロールを忘れる……結局、俺は二十歳だ……悲しんでくたばりたくはない……いやだぜ〟

見えない神に密かに挑みかかるように彼は繰り返した――

〝そうだ、だが……ジェザベルの金が……あいつがいとも簡単に手に入れた金……ああいう女たちは関わる者を皆堕落させやがる……〟

一晩中、彼はそんなふうに歩いた。雨が顔を伝い、降りしきる雨の呟き、不安な囁きががらんとして見える街に落ちた。敷石から霧が立ち上った。彼は歩きながら半分目を閉じ、盲人のように鋪道の端につまづいて、思った――

〝ジェザベルに言ってやる……ああ！　あいつはこの晩を忘れないぞ！　人間を苦しめてやるのはなんて快楽だ！　今、あいつは何をやってる？……俺を忘れたか？　だがすぐ思い出させてやるぞ！……あいつはどこにいる？……〟

彼は屋敷の閉じて暗い窓を眺めた。

〝クリスマスイヴ、ジェザベルはきっとどこかで踊ってる、家で愛撫を交わしてなきゃ……踊って、楽しんで……あの婆、あの亡霊、あの化け物め！……だが、なんでそう言う？　あいつが若く見えるからだ。老いた、老いた、老いた魔女めが〟

彼は暗い錯乱の中で繰り返した――〝今夜は泣かしてやる！　あいつが涙が流すのを見てやりたい……〟

彼は両開きの大門の角にもたれ、雨が降るのを眺めながらそこに居続けた。

21

その間、グラディスは〝フロランス〟で踊っていた。ペルシエ夫妻、モンティと彼女の四人連れだった。

この晩はジャニーヌと彼女自身の一種の〝決戦〟だった――彼女は自分は勝負に敗れた、モンティは自分よりジャニーヌの方が好きだという微かな警告を感じていた。ジャニーヌはきれいな猛禽《もうきん》のようだった。細い鷲鼻、丸く青白い瞼の下で絶えず瞬《まばた》きする不安そうで鋭い大きな目、真っ直ぐで羽根のようにつやつやした黒髪を持ち合わせていた。彼女はこの晩、今期流行の、鳥の両翼を兜のように寄せて貼り合わせた髪型をしていた。彼女は疲れを知らなかった。こうした女たちは、華奢な生身の下に鋼《はがね》の筋肉を持っている。彼女はグラディスの密かな弱点を見抜いていた――その年齢。彼女はモンティを、そして何よりもグラディス・アイゼナハの恋人を奪ったという栄光を愛していた。

彼女は自分より弱いが、自分よりきれいな恋敵を踏み潰そうとし、蒼ざめ、気を高ぶらせたグラディスは試合を受けて立った。ジャニーヌが飲む――自分も飲んだ。ジャニーヌが踊る――自分も踊った。立っているのが辛かったにも拘らず。嫉妬が彼女の心を締めつけていた。モンティから一つの微笑み、一つの欲望の眼差しを引き出すためなら死んでもよかった。ジャニーヌを見る時、ほとんど官能的な痙攣を感じた。彼女は買っておいた拳銃を思った。それはまだ手元のハンドバッグの中にあった。彼女は語り、笑った。疲れた獣を鞭打つように、無理やり自分の美しさを甦《よみがえ》らせようとしながら。そしてモンティは自分の腕の中で身を震わせる二人の女を次から次に抱きしめながら、残酷な快楽を楽しんだ。

長いこと、グラディスはこんなふうに、延々と、疲れを知らずに踊ってはいなかった。こんな煙、こんな暗がりの中で、回りを取り巻く面々と。体が無数の痛む小骨でできているようだった。

〝さあ〟彼女は怒りをこめて思った――〝踊って、微笑んで！……気楽で、きれいで、若くなきゃ！……気をそそって、もっと気をそそって……全ての男たちの……彼がそれを見て、嫉妬するように！……

彼女は真珠の長い首飾り以外の宝石を決して身に着けなかったが、この晩は腕と喉元をダイアモンドで覆っていた。なにしろジャニーヌはこれほど美しい宝石を持っていなかったから。何としても視線を引きつけねばならず、そして恋人になんで男たちの視線が彼女に集中するのか、彼らは宝石と彼女自身とどちらに感嘆しているのかと思わせてはならなかった。きれいでなければならず、朝の五時に、瑞々しくきれいな娘たちの中で、化粧の下に現れる皺も、厚化粧の老女が隠すデスマスクも見せてはならなかった。一瞬の緩みも、疲れた素振りも許されなかった。絶対に自分の方が弱いと認めてはならなかった。踊って、飲んで、また踊って。六十歳の体と脚に病気も疲れも知らずにいることを強いて。すべすべして、黄土色のパウダーを塗り、サテンのような艶のあるむき出しの背中をすっくと立てて。だが一つ一つの筋肉が傷のように痛んだ。扉や開いた窓を吹き抜ける冷えきった空気の流れにも震えてはならなかった。

二人の女は微笑みながら、真っ向からぶつかり合った――

「気をつけて……お風邪を召されますわ……」

「何を考えてるの！……私は病気知らず、疲れ知らずよ……」

ジャニーヌは穏やかに言った——

「あら、そうですか？……あなたは私たちを嘆かわしい世代、ってお考えですの？……」

グラディスは膝が震えるのを感じた。居住まいを正し、思った——

〝さあ、私の体、いいわね、老いさらばえた体……言うことを聞きなさい……〟

彼女は微笑み、自分の胸が息苦しくひゅうひゅう鳴るのを聞いてぎょっとした。

それから、気力を振り絞った甲斐あって、最後には自分に打ち勝ったばかりか、ジャニーヌに勝利した。彼女の脚は、かつてのゆとり、調子、リズムを取り戻し、呼吸も治まった。彼女は今、二十歳の素晴らしい軽やかさで踊った。微笑み、美しい唇を半ば開いた。鏡に映った自分の白いドレス、染めてはいても以前のように頭の周りに王冠のように束ねて編んだ髪を見た……

朝の四時、五時……雨に打たれ、ベルナールは待っていた。グラディスは踊っていた。だが、その時、若い男女の一団が、ほろ酔い加減で、賑《にぎ》やかに入って来た。娘たちの髪は乱れて舞い上がった。若い顔の優美な化粧は、すべすべして瑞々しい肌と一体になっているようにしか見えなかった。その時、グラディスは自分の姿にちらりと目をやり、化粧の仮面の下にやつれた顔が現れるのが分かった。だが彼女は立ち上がり、モンティにぴったり身を寄せてなおも踊った。疲れて痛む目は彼女の意に反して閉じられた。

　ジャニーヌ、彼女もまた、疲労の兆候を示し始めた。彼女はグラディスより三十若かったが、グラディスほど完璧ならぬ美貌を、グラディスほどうまく守れなかった。彼女たちの周囲で人々が笑い、祝っていた。競い合って。

　グラディスは幸せで、結局は勝ち誇っているように見えた。だが強迫観念に苛《さいな》まれていた。全てが彼女に年を思い出させた。全てが彼女の思いを過去の記憶に連れて行った。彼女はしゃべり、微笑んだ。だが彼女の中では、強迫観念が蛇のようにゆっくりととぐろを解《ほど》いた。それでも、彼女は戦いを放棄しなかった。彼女の全存在がキリキリした緊張に打ち震えた。それこそが生の躍動《エラン・ヴィタール》が強烈すぎる人間を際立たせるものであり、打ちひしがれ、息絶え絶えであっても、彼らは死ぬことに同意しない。グラディスにとって敗北は不可能であり、そこに彼女の悲劇があった。

　他人たちには一人の年齢不詳の女にしか見えなかった。パリで四十を超えた全ての女たちのように。照明の中で、化粧し、宝石を着けた彼女には脆《もろ》く、不安で悲しい美しさがあるように見えた。早朝、敷居に立つ彼女は、他の女たち同様、変装した老女に見えた……彼女のあらゆる奮闘努力、あらゆる疲労、幾多の戦い、不安と勝利から、車を発車させた若者がもう一人に向けた無関心な質問だけが残った——

「グラディス・アイゼナハ？……まだいけるじゃないか……彼女は寝るのか？」

22

ベルナールは待った。寒さはこたえなかった。喜んで頬を風に噛ませた。パリはじめじめして、湿地のむっとする水の匂いに満ちていた。彼はもう何も考えなかった。グラディスの暗い窓とがらんとした通りを眺めた。

とうとう、車が見えた。車の中は照らされ、グラディスの金髪のきれいな小さな頭と白テンのコートが彼の目に入った。

その存在がベルナールの中に憤激の念を呼び覚ました。

〝あいつは笑っていやがる〟彼は歯噛みして思った。〝あいつは踊って、楽しんで……だがなんでだ？……あいつは婆だ、あいつには、あいつにはもうなんの権利もないんだ……〟

彼は車のドアを開け、暗闇の中に身を隠した。モンティには彼が見えず、あるいは浮浪者がチップを期待してその辺をうろついていたのかと思った。だがグラディスはすぐ、彼に気づいた。ベルナールは彼女がモンティの方に身を屈めるのを見た。彼女が恋人に車から出るのを禁じるのが聞こえた。車はまた出発した。ベルナールは戸口まで彼女を追った。彼女は一瞬ものも言わず彼を見た。心に憎しみが込み上げ、彼女自身たじろいだ。

とうとう、彼女は呟いた――

「行きなさい！」

「話があるんだ。入れてくれ」

「あなた、狂ってるわ！……行きなさい！」

彼女が押し殺し、何としてもごまかそうとした混じり気のない憎しみが、彼女の中に再びこみ上げた。ベルナールの声、飢えた目つき、乾いた小さな冷笑がたまらなく嫌だった。彼女は血の繋がった者にしか感じない、盲目的で、残酷な憎しみが彼に対して溢れ出るのを感じた。

「俺を入れてくれることをお勧めするよ」彼は彼女の手を掴みながら言った。

「放して、待ちなさい！……使用人たちがいるわ……」

それでも彼は彼女に続いて入った。玄関には誰もいなかった。色を塗った壁が見えた。灯った電灯が階段を照らしていた。暗い部屋の中までグラディスに着いて行った。彼女は腰かけた。膝が震えた。競走が終わった馬のように首を差し出した。あまりにも激しい体の疲れから、全身が極度に硬直していた。

彼女は化粧台の上のピンクの傘が掛った電球を点け、無意識に、顔に現れた夜のダメージを隠そうとコートの襟を上げた。彼は覚束《おぼつか》ない動作で彼女に歩み寄った。彼は自分が悪夢に縛られ、酔って半分眠っているように感じた。二人は一瞬、言葉もなく睨み合った。二人とも慄き、憎しみに溢れ、双方に、酔いと疲労が一種朦朧《もうろう》として息の詰まるような夢うつつの状態を作っていた。

とうとう彼女が小声で言った。なんとか声を和らげ、言葉の調子から嫌悪と困惑を全て取り除こうとした――

「あなた、どうしたの？　私に何を望むの？」

「一昨日《おととい》あんたに電話した。昨日《きのう》も電話した。手紙も書いた。あんたはもう俺を恐れていないようじゃないか、親愛なるお祖母様」

鞭に打たれたように、もう一度彼女が蒼ざめ、身を固くするのを見て彼は歓びを感じた。

彼女は不安そうに彼を見た――

「あなた、酔ってるわ。なんで私を苦しめに来るの？……私、できるだけあなたを援助したじゃないの。あなたに私の好意を表すために何でもやったじゃないの……」

「好意？」彼は肩をすくめながら言った――

「恐怖だろ、そうだ……だいたいそっちの方がいいんだ……俺はあんたの好意なんぞ必要としてない……」

「分かってるわ」彼女は妙に苦々しく言った――

「あなたが必要なのは私のお金だけね」

「愛情を求めてあんたに会いに来るんじゃないって、俺を責めるのか？……そりゃあんまりだろ！」

彼女はうんざりして目を閉じた――

「私に何を望むの？……それを言って、出てって！　私に何を望むの？」

彼女は、蒼ざめ、取り乱した顔を引き攣らせ、彼女には珍しく、いきなり乱暴に寄木貼りの床を足で叩きながら繰り返した。

「お金なの？　やっぱり……仕方ないわ、いくらか言って、出て行きなさい！」

彼は頭を左右に振った。

「もう金はいらない。あんたは俺に施しを投げりゃ十分だと思ってたのか？　それで俺が黙って、屈服して、騙されるとでも？……人は自分の血筋を知らないたあ、よくも言ったもんだぜ！……」

「じゃあ、何を？」彼女は呟いた――「単に私を苦しめに？……私、そう思うわ……そうなんでしょ、どうなの？」

二人は長い間無言で睨み合った。

「そうだ」彼は目を逸らしながら低く、熱っぽい声で遂に認めた。

「聞け、俺はもうこんなふうに生きていたくない。あんたのコネ、あんたの信用、あんたの友人を役立ててもらいたいんだ。あんたが俺を被害者にしたおぞましくも不当な仕打ちをちょっとでも消すためにな。マルティアル・マルタンに認知された息子のままじゃいたくない。俺はベルナール・マルタンじゃない。それとも、もしベルナール・マルタンのままなら、少なくともその名が怪しげで惨めながきの名であって欲しくない。俺には意志がある、働くことができる、体力も知力もあることが自分で分かってるんだ。聞け——俺があんたに望むのはこういうことだ！……すぐあんたの友人のペルシエに宛てた推薦状をよこせ。彼が自分の所で俺を雇うように。彼が望むなら、しがない書記でも何でもいい。俺には跳躍台が必要なんだ、分かるか?」

グラディスは突然理性が消し飛ぶ恐怖に襲われて彼を見た。ベルナールの最後の言葉が聞き取れないほど彼女の心は騒めいた……ジャニーヌの夫……ああ、もしジャニーヌが知ったら?……

彼女は言った——

「だめだわ」

「なんで?」

「できない。ペルシエは駄目。だいたい彼は私の話を聞かないわ。仕事の話をする時じゃないの」彼女は動転して呟いた——「私にはできない！」

「なんで?」

「不可能なのよ！」

「あんた、拒むのか?」

彼は叫んだ。彼女の抵抗に、秘密の弱点、自分の意のままに広げ、刺激し、出血させられる傷を見つけたと感じながら。

「ベルナール！　たくさんだわ！　行って！……明日話しましょ！……」

「なんで？　俺は充分待ったんだ。充分辛かったぜ。今度はあんたの番だ。だが、もしかしてあんた、誰かを待ってるのか？……さあさあ、この巡り合わせよりもっと面白い何が想像できる？……もっと素敵な何が？　もっと意外な何が？　もっと笑える何が？」

「何が？」彼は激昂してもう一度言った――「扉が開き、そして恋人が入る。マダム！この若者は何者です？　あなたの恋人ですか？　おそらく……――いいえ、彼女の恋人じゃなく、彼女の孫なんです！……ああ！　素晴らしい瞬間……あんたの顔は……だが鏡で自分を見ろ！……ああ！　あんたは今、確かにお祖母様のようだぜ！……年を隠すことなんか考えられまい！　見ろ、見やがれ」

彼は力づくで彼女の目に鏡を突き付けた――「化粧の下に現れた目の下のたるみを見ろ！……老いてる！……老いさらばえた、老いさらばえた女だ」

彼は我を忘れて繰り返した――

「どれだけあんたが嫌いか！」

彼女は震える手で鏡を掴み、絶望した目を見開いて、自分の顔を長い間眺めた――「ベルナール、私、時折、あなたが過去より現在のせいで私を忌み嫌う気がするんだけど？……どうして？　私がまだ女で、恋人がいたって、それがあなたにどうしたというの？」

「そいつがむかつくんだ」彼は呟いた。

「どうして？　ベルナール、どうしてなの？　あなたは若い。あなたは恋人を愛してるんでしょ。私が恋をして、愛されるために命も捧げるのがどうして分からないの？……私のドレス、毛皮のコート、宝石を見て。ローレットに着せるためにこれを取り上げたいのね！……喜んであげるわ！　こんなものが全部あったって、私がどれだけ不幸になれるか、あなたに分かったら！……今日私がどれだけ苦しんだか、あなたに分かったら！……私の恋人は……」

「黙れ！……あんたには語る権利のない言葉があるんだ！……あんたの口から出るなんてとんでもないぜ……自然に逆らってる。あんたは六十だ。老女だ……恋、恋人、幸せ、それはあんたのためじゃない！……老いぼれは、俺たちが奪えないもので満足しろ」

彼はロールの母親を思いながら、怒りをこめて言った——

「金を守れ、立場を守れ、体面を守れ、だが恋や恋人、そういうのは少なくとも、俺たちに残ってる！　そういうのこそ俺たちの富、俺たちの取り分なんだ、俺たちの！……なんの権利があってあんたはそれを奪う？　恋をしてるだと？　あんたが……狂った哀れな年寄が」

彼はせせら笑いながら言った。

「だけどな、もしそんなふうにあんたに愛したり愛されたりする権利があるなら、あんたやあんたの同類は、なんでそんなに年を知られるのを恐れるんだ？……もしあんたが罪を犯したって、あんたはそれほどは恥じまい……もしそれが自分の年を隠す助けになるなら、俺が死ぬのを見てあんたは幸せだろうよ！……あんたは年寄で俺は若い、幸せは若い俺だけのためになきゃいけないのに、幸せなのはあんたの方だ。だから俺はあんたがひどく嫌いだ！……あんたは俺から盗んでる！……しかも、あんただって俺が大嫌いなんだ！　それを俺に言う勇気がないだけでな！　あんたは俺を〝私の坊や〟なんて呼ぶ……あんたは噛みつきたいその口で妙な作り笑いをするんだ！」

「私がなんであなたを愛さなきゃいけないの？」グラディスは小さな声で言った。

「私にとってあなたは何よ？……あなたをこの世に産んだのは私じゃない……あなたは私の息子じゃない。あなたが血縁だからって私にはどうでもいいの。それは男がつべこべ言うことよ、そんなことは！　私、あなたなんか知らない。あなたは私にとって他人よ。私に大切なのは一人しかいない、私の恋人よ！」

「おかしくって腹の皮がよじれるぜ」ベルナールは言った。

だが彼女は耳を貸さず続けた。

「私にとって彼は世界の全て。もし彼が私から去ったら、もう私には世界で誰もいないんですもの。誰も愛してくれず、誰からも欲しがってもらえない、火の消えた、冷え切った人生、老女の人生は、結局、私から見れば死よりも悪いのよ！」

「なんで厚かましく愛を語る？……女の愛だと？……で、俺は、あんたの子孫の俺は……」

〝俺は何を言ってるんだ？〟彼は絶望して思った。だが自分は正しいと感じた。

「あんたは老いに打ち勝ったと思ってる。そいつはあんたの中にあるんだ。あんたはまだしなやかな体、若い女のような背中を見せつけられる、髪を染めて、踊れる、だがあんたの魂は老いてる。もっとひどい。そいつは腐ってる。そいつは死の臭いがする」

「黙りなさい！　私をほっといて！　あなたは気違いか酔っぱらいだわ。私があなたに何をしたの？……私、あなたから何も奪ってないわ。人間は誰だって幸せの取り分が欲しいの。私が何か悪いことをした？　私は自由よ。私の人生は……」

「あんたの人生か……だがそいつがなんで大切なんだ？　あんたの人生が……あんたには自分の取り分があった！　あんたには幸せの全てがあったんだ、で、俺は……ああ！　俺がどれだけあんたを苦しめたいか……なんであんたを殺さないのかって思うぜ！……誰か俺を咎める奴がいるか？　いる、おそらく、いる、確かに。俺は親殺しになっちまうかも知れない。そうすりゃそれが俺にとってあんたを持ち出して、俺の祖母だって言うことを許される唯一の瞬間になるかも知れんな。いやいや、それより単純に、あんたの恋人に真実を語る方がいいか……」

「聞きなさい！　真実を語ってあなたは何を得るの？……何を？　あなたは私を殺すかも知れない、それはそう。でもあなたにはもう支えもお金もなくなるでしょ！」

「それが俺にどうしたって言うんだ、あんたの金が？　ロールは昨日死んだ。あんたは丈夫なんて言うが、あんたがそんなもん絶対にくれないことを俺はいやという程知ってるんだ。だったら？……俺はせめてあんたの幻想を引っ剥がす満足を味わいたいね、お祖母様！　とにかく今度はあんたがよく聞くんだ、俺がどんなことになるか言ってやる、この俺が！……あんたの恋人に、あんたは老女だ、六十歳だって言ってやるよ」

彼は言葉を賞味するように言った――

「そうしたところで、彼はそのままだろうよ！　彼は全てを呑み込むだろうよ！　何故って彼が愛するのはあんたじゃなく、あんたの金なんだから……そんなふうに、あんたは理解するんだ、哀れにも気の狂ったあんたは……」

彼は話を中断した。電話が鳴った。彼はほくそ笑んだ――

「彼かな？……狂った恋人かな？……さあて、笑って楽しみましょう！」

「だめよ、ベルナール！」

「いや、いいじゃないか！……夢にまで見た機会だ！……〝モンティ伯爵ですか？――ベルナール・マルタンです――自分の恋人の家にいる男です！……こんな時間に？――ああ！男になりかけで――子どもですよ。ほとんどあなたの子どもです、孫でして……」

「ベルナール！」

彼女は彼に飛びかかった。彼は電話を体から離さず、言葉を慈《いつく》しむように穏やかな声で語った――

「あなたの恋人の孫です！　麗《うるわ》しのグラディス・アイゼナハの孫なんです！……」

「ベルナール、止めて！……ベルナール、何も言わないで！　確かに、私、あなたに何もしてあげなかった！……私……謝るわ、ベルナール！……御免なさい……分かるでしょ、あなた、豊かで幸せになれるわ」

ベルナールが手で撫で擦る電話は絶えず鳴り続け、彼女はその音を自分の声でかき消そうとしながら叫んだ。

「それを離しなさい！」

彼は受話器を取る仕草をした。その時、彼女は拳銃を掴んだ。一月《ひとつき》前から彼女は夜毎その姿を心に思い描いていた。

彼は奇妙に、侮蔑的に唇をちょっと震わせながら彼女を見た。彼女は撃った。彼は電話を取り落とした。その顔がいきなり変わり、穏やかで、驚いた表情が浮かんだ。彼は電話器もろとも崩れ落ちた。電話は床で鳴り続けた。

彼女は彼の顔に錯乱し、呆然とした死が広がるのを見た。叫び、援けを呼び、自分の中に後悔と絶望を感じる前に、平穏が彼女の心を満たした。電話は鳴り止んでいた。

終わり　一九三六年

訳者あとがき

「ジェザベル」(Jézabel) は一九三五年、ガリマール書店発行の週刊文芸誌「マリアンヌ」に連載され、翌一九三六年五月、アルバン・ミシェル社より刊行された。刊行時、帯に記されたフレーズは「女が殺した、何故か?」

イレーヌ・ネミロフスキーの長篇小説としては三五年刊行の「孤独のワイン」(未知谷既刊) に次ぐ作品である。

一九三〇年代半ば、作家はアルバン・ミシェル社と長期契約を結んでコンスタントに長篇作品を刊行、同時に各有力文芸誌に旺盛に短篇小説を発表している。筆力に脂が乗り、一九三七年には次女エリザベスが誕生し、銀行員の夫ミシェルとの仲も睦まじく、波乱万丈の彼女の人生にあって、小康期にあったと言えるかも知れない。

しかし時代は第二次世界大戦に向かって急速に混乱と閉塞の度を深めていた。隣国ドイツでは一九三三年、ヒトラーが政権を握り、翌三四年にはフランス国内でアレクサンドル・スタヴィスキーによる大規模な疑獄事件が発生し二つの内閣が総辞職に追い込まれる。左右両陣営の対立が先鋭化し、作家がシンパシーを抱いていたユダヤ人、レオン・ブルムが率いる左派、人民戦線内閣も時代に希望をもたらすことはできなかった。

一九三七年に発表した短篇「友よ！」（原題 Fraternité 未知谷既刊「処女たち」所収）はフランスで地位を築いたユダヤ系の実業家が、偶然旅先で下層の同名のユダヤ人と出会い、自らの出自を強く意識するとともに、名状しがたい不安に襲われる話で、異邦人としてフランスでこの時代を生きる不安が色濃く滲んでいる。

そうした時代環境の中で執筆された「ジェザベル」は、一つ一つがハイクオリティで個性的な彼女の作品群にあって、異彩を放つ作品である。

その最大の要因はヒロイン、グラディス・アイゼナハのキャラクターにある。

一九二九年、「ダヴィッド・ゴルデル」で文壇に華々しく登場して以来、この時までの彼女の作品はロシア帝国に生まれ、革命を逃れてフランスに定住の地を求めたユダヤ人として、自らの前半生を語り、家庭内でエゴセントリックで横暴だった実母との葛藤をモチーフとするものが主流を占めている。「舞踏会」のカンプ夫人、「ダヴィッド・ゴルデル」のグロリア・ゴルデル、「孤独のワイン」のベラ・カロルはその中に登場するティピカルなユダヤのモンスターマザーたちである。

グラディス・アイゼナハをこの系譜のヴァリアントとする見方もあるようだが、そのキャラクターは彼女たちとある意味対極にある。モンスターマザーたちは娘に一切情愛を持たず、ひたすら抑圧し、苦しめる。だが同時に、「孤独のワイン」で見事に描き出されるように、彼女たちは娘の憎悪、反撥を掻き立て、そうすることによって娘たちの生きる力を呼び覚まし、育て、自立を促す役割を果たしたとも言える存在である。一方グラディスは生来情愛の深い人間であり、娘に愛情を抱いているにもかかわらず、娘を苦しめ、結果として死に至らしめる。正に悲劇的キャラクターである。この悲劇の淵源《えんげん》はどこにあるのか？

グラディスの孫、ベルナールが彼女に与えた「ジェザベル」の名は、訳注に記した通り旧約聖書「列王記」に登場する悪妃（通常イゼベルと訳される）に由来する。聖書中のイゼベルは農耕神バアルを信仰するフェニキアの王国から政略結婚でイスラエル王国に嫁ぎ、夫のアハブ王を籠絡してユダヤ教を迫害し、神殿を破壊するなどユダヤ教から見れば悪虐非道を尽くした末、最後はユダヤの大司教の罠にかかって宮殿から突き落とされ、馬に踏みにじられ、犬に肉と骨を食い尽くされるという酸鼻な最期を遂げる。彼女の娘、アタリーも婚家ユダ王国の女王として権勢を揮い、ダビデ王族の血統を根絶やしにしようとするが、結局ユダヤの神によって誅殺される。

この聖史を題材とするジャン・ラシーヌの最後の悲劇「アタリー」では、娘のアタリーの夢に、イゼベルがこのように登場する。

「それは深夜の恐ろしい夢のなかのこと。母のイゼベルがわたしの前に現れた、葬いの日そのままの美しく装った姿で。母の悲しみもあの激しい気性を失わせず、寄る年波のとりかえせぬ衰えをいやすために、顔に厚化粧をほどこした人工の美しい輝きを未だに留めていた。母がいうことに、〝恐れおののけ、わたしに似た娘よ。ユダヤの残忍な神はお前まで打ち負かすだろう。神の恐ろしい手で斃れるおまえが不憫でならない〟この慄然《ぞっと》させる言葉の終わりに、母の亡霊はわたしの臥所に身をかがめるように見えた。そこで、わたしは母を抱きしめようと双手《もろて》をさしのべた。なんと、わたしが見たものは泥にまみれ、傷ついた肉と骨の塊り、血だらけのぼろきれと、野犬どもが争ってむさぼり喰らう無残な肢体だけ」（佐藤朔訳）

「ラシーヌ、二つの顔」の著者山中知子氏によれば、ラシーヌ劇において「人間は調停不可能な二つの矛盾した要求に引き裂かれた存在」であり、悲劇はこの人間の存在構造そのものから生じる。イゼベルもアタリーも強力な治世者であると同時に不安な心を苛まれる弱い女性である。

確かにグラディス・アイゼナハは自己愛と他者への愛、自己の欲望と他者への思いやり（compassion）の間を揺れ動いて止まない。

「神様がくださる至福の時間を一瞬でも邪魔したら、私、あなたの死を願ってやる」

「自分のことを考えちゃいけない……自分自身を忘れなきゃいけない。――私はもっと賢く、もっといい人間になりたい」

これはいずれも彼女の心から発せられる二つの真実の声である。だがこのアンビバレンスは要所において必ず一定の法則に支配されるように、一方――自己愛、自己の欲望に傾く。

そこに彼女の人生の悲劇があった。何故そうなるのか？
おそらくその理由は家郷と青春、さらに成熟の不在に求められる。

彼女は帰るべき家郷を持たない。裁判長の言葉を借りれば、彼女は「揺れ動く国際社会に属している。どこにも係累も家庭もない」民族的なアイデンティティを持たない彼女は、父親の顔を知らず、少女期を自分に全く愛情も関心も持たない母親の下で過ごす。母娘は世界を流浪する。グラディスにあるのは受け継いだ莫大な資産と、天から授かった美貌のみ。彼女には美貌をよすがとして生きる道しか開かれていなかった。「私は休める場所を、家を持ちましょう」という彼女の晩年の願望が実現することは決してなかったのだ。

彼女には青春も、人として成熟する機会もなかった。ロンドンの舞踏会での社交界へのデビューは確かに彼女にとって輝かしい人生の門出を告げるものではあった。だが、この場で彼女は「女の力の誕生」プライドが満たされる「甘美な安らぎ」以外を感じていない。青春の初々しい出会いも、初恋も彼女には無縁である。彼女は終生、クロード・ボーシャンに対するように力を揮って屈服させるか、あるいは、リチャード・アイゼナハに対するように救いと保護を求めるという形でしか男と関わることができなかった。彼女を男性遍歴に導いたのは父性と青春の不在である。マリー＝テレーズの父親は誰なのか？　母子ともに終始それを語らず、その存在が意識すらされていないようなのは、グラディスにとってもマリー＝テレーズにとってもその人間との精神的な絆が稀弱、もしくは不在だったことを暗示している。

グラディスの従姉テレサ・ボーシャンは舞踏会で彼女に「歓びがあなたから去る前にあなたが歓びから離れることを知らなくちゃだめ」「諦めることを学ばなきゃ」という至極真っ当なアドバイスを送るが、都度「生の躍動」（élan vital）に衝き動かされるグラディスは、遂にそれに応じることができない。彼女には人が諦念と引き換えに辿る成熟の道が閉ざされていた。

ベルナールは「あんたは戦争前に眠りに就いて、それ以来目を覚ましていない。とんでもない話だ！」と彼女を痛罵するが、これは彼自身の言葉を借りれば「全面的に正しく」はない。彼女の意識は歴史や社会の現実に目覚めてはいないにしても、彼女にとって最も過酷な現実――〝加齢〟に対して目覚めているからだ。加齢――魅力の衰えは彼女を苦しめる。作家が終生愛読したオスカー・ワイルド「ドリアン・グレイの肖像」のドリアン・グレイのように、彼女はそこに全く違った姿が現れるのに慄きながら、時に鏡をのぞきこむ。変わらず美しい。しかしドリアンのように身代わりになって年をとる肖像画を持たない彼女は、次第に自分の老いから目を離せなくなっていく。男たちが自分から去り、ようやくめぐり会った恋人モンティ伯爵が求めるのは自分ではなく自分の資産であることを、彼女は意識せずにいられない。成熟を知らない心と老いていく肉体。彼女はここにおいても「引き裂かれた存在」である。ドリアンの友人ヘンリー卿は破滅していくドリアンに語る。「僕には僕の悲しみがあるんだ、ドリアン、君でさえ知らない悲しみが。年をとってなにが悲しいかというと、

老いたことではなく、自分がまだ若いということだ」（仁木めぐみ訳）
グラディスの老年はこの悲しみに彩られている。犯行の真因を誰にも語れず、暗い秘密を抱いたまま滅びていく（であろう）彼女はひたすら悲しい。彼女の揺れ動く内面と行動を描き出すイレーヌ・ネミロフスキーの筆はここでも冷徹を極めている。だが、グラディスは作家に密かに愛されている、と訳者には思われる。本作の刊行後、彼女は語っている。「書き始めた時、私は私の〝犯罪者〟に非常に厳格でした……そしてそれから書けば書くほど、私は彼女を魅力的にしました。そして終《つい》には彼女のために言い訳（excuse）を見つけ始めたのです」

理不尽で愚かな振舞いにも拘らず、多くの読者がグラディスに感じるのは、おそらく反撥、嫌悪よりシンパシーではないだろうか？　人間を断罪し、劫罰を下すユダヤ教の神とは対照的に、〝非情な同情〟（アンリ・ド・レニエ）の人、イレーヌ・ネミロフスキーはグラディスを容赦なく追い詰めると同時に、その心理と情念を克明に、繊細に、描き込むことによって、彼女に救済を与えることを願っていた。かくも異様なキャラクターがリアリティを持つのは、そこに作家の人間への不信と愛が高度に込められているからである。

最後に反時代的な女性を主人公とする本作が、深く時代に根差していることを指摘しておきたい。確かにベルエポックに生を得たグラディスはその逸楽の夢から目覚めきっていない。だがその人生には時代の変遷が確実に刻み込まれている。第一次世界大戦は周囲の男たちを巻き込み、殺し、戦後の狂乱の二十年代は彼女を放蕩に導く。ロストジェネレーションの青年たちは彼女に初めて時代とのズレを感じさせる。最後の恋人、アルド・モンティ伯が衰退するアリストクラシーの額縁に嵌《はま》っている一方で、閉塞の三十年代に青春を迎えるベルナール・マルタンのグラディスへの怨恨、復讐の情念には出口なき時代の絶望感が生々しく滲み出ているのだ。

イレーヌ・ネミロフスキーの実母、アンナ・ネミロフスキーは先に記した通り、イレーヌの作品の中で様々な姿で登場し、存在感を放ちますが、銀行家の夫レオニードの死後四十年、作家の娘イレーヌの死後三十年を悠々と生き延び、一九七二年、九十七歳で天寿を全うします。第二次大戦後、イレーヌの二人の遺児の養育係ジュリー・デュモは孫たちへの援助を求めて彼女を尋ねますが、彼女はドア越しに「私には孫娘なんぞいないよ」と言い放って追い返し、モンスターの健在ぶりを示しました。

ただし、その死に際し、パリ、パッシーの祖母の住いを訪問した二人の孫娘は、彼女の保管庫の中に、本書「ジェザベル」と「ダヴィッド・ゴルデル」の二作を発見しました。これは何を物語るのか、彼女の心中に何が去来していたのか、非常に興味をそそるエピソードです。

本訳はLivre de poche版イレーヌ・ネミロフスキー全集所収の「Jézabel」をテキストとし、

Vintage Books サンドラ・スミス訳による「Jezebel」をサブテキストとしました。

本書は拙訳十四冊目のネミロフスキーとなりますが、今回も、未知の〝人間〟に出会う非常に新鮮な経験を得た思いがします。かくも様々な人間を作品中で生かし切る作家の capacité（器量）には改めて驚嘆する他ありません。

未知谷、飯島徹社長、編集部　伊藤伸恵さんには今回も大変お世話になりました。写真をご提供いただいたみやこうせいさん、作品への鋭い理解に基づき、適切、詳細なアドヴァイスをいただいた蓑田洋子さんと共に、深い感謝の念を捧げます。

今年もまた開花の季節に

芝盛行

Irène Némirovsky

(1903 〜 1942)

ロシア帝国（現ウクライナ）キエフ生まれ。革命時パリに亡命。1929 年「ダヴィッド・ゴルデル」で文壇デビュー。大評判を呼び、アンリ・ド・レニエらから絶讃を浴びた。このデビュー作はジュリアン・デュヴィヴィエによって映画化、彼にとっての第一回トーキー作品でもある。34 年、ナチスドイツの侵攻によりユダヤ人迫害が強まり、以降、危機の中で長篇小説を次々に執筆するも、1942 年にアウシュヴィッツ収容所にて死去。2004 年、遺品から発見された未完の大作「フランス組曲」が刊行され、約 40 ヶ国で翻訳、世界中で大きな反響を巻き起こし、現在も旧作の再版や未発表作の刊行が続いている。

しばもりゆき

1950 年生まれ。早稲田大学第一文学部卒。訳業に、『秋の雪』『ダヴィッド・ゴルデル』『クリロフ事件』『この世の富』『アダ』『血の熱』『処女たち』『孤独のワイン』『秋の火』『チェーホフの生涯』『二人』『アスファール』『誤解』（イレーヌ・ネミロフスキー、未知谷）。2008 年以降、イレーヌ・ネミロフスキーの翻訳に取り組む。

ジェザベル

2024年 4 月25日初版印刷
2024年 5 月15日初版発行

著者　イレーヌ・ネミロフスキー
訳者　芝盛行
発行者　飯島徹
発行所　未知谷
東京都千代田区神田猿楽町 2-5-9　〒 101-0064
Tel. 03-5281-3751 / Fax. 03-5281-3752
［振替］ 00130-4-653627

組版　柏木薫
印刷所　モリモト印刷
製本所　牧製本

Publisher Michitani Co, Ltd., Tokyo
Printed in Japan
ISBN 978-4-89642-726-4　C0097

イレーヌ・ネミロフスキー

芝盛行 訳・解説

1903年　キエフ生まれ、ユダヤ人実業家の父、ユダヤ人の母
1917年　ロシア革命、ポグロム（ユダヤ人に対する略奪、虐殺）の激化
1918年　一家はペテルブルクからフィンランド、スウェーデンを経てフランス・パリへ
1920年　イレーヌ、ソルボンヌ大学へ入学、ロシア文学専攻
1926年　ユダヤ人銀行員ミシェル・エプスタインと結婚

1926年

誤解

愛されずして愛す／眠れずしてベッドにいる／来るのが分からずして待つ、人を殺すのはこの三つ…仏最南西部の避暑地アンダイエとパリ、若い恋の一部始終。　192頁本体2200円

1929年

ダヴィッド・ゴルデル

バルザックの再来と評された若い日の作、戦前以来の新訳。敵と目される人々を次々に叩き潰して生涯憎まれ、恐れられてきたユダヤ人実業家の苛酷な晩年。　192頁本体2000円

彼女の作品は「非情な同情」というべき視点に貫かれている（アンリ＝ド＝レニエ）

1929〜1940年

秋の雪　イレーヌ・ネミロフスキー短篇集

富裕階級の華やかな暮らし、裏にある空虚と精神的貧困。人間の心理と行動を透徹した視線で捉え、強靱な批評精神で描き出す。鮮やかな完成度を示す短篇集。　208頁本体2000円

1933年

クリロフ事件

権力を憎悪するテロリスト、自分の衝動もまた権力欲から発している…。「僕らはある種ユーモアの感覚を欠いている、勿論敵だってそうですが…」　160頁本体1600円

1934年　スタヴィスキー事件、「ロシアのユダヤ人家庭…そこにスタヴになる息子がいる」

1935年

孤独のワイン

ウクライナ、ロシア、フィンランド、フランス、革命に追われた流浪の青春。苛烈な少女がたどる内面の旅。自伝的要素を背景に女性の自立を描く長篇。　256頁本体2500円

1939年　夫妻はカトリックに改宗、ナチスのポーランド侵攻、セントルイス号の航海事件

1939年

二人

パリ、第一次世界大戦後の若者たち。脆弱で軽薄で無軌道で、「試運転」もせずに高速で車をぶっとばし、ある者は深手を負い、ある者は…。数少ない恋愛小説。　256頁本体2500円

イレーヌ・ネミロフスキー
芝盛行 訳・解説

1939年

アスファール

1939年5月「セントルイス号の航海」事件。同年9月ナチスドイツはポーランドに侵攻、第二次世界大戦勃発。同年、作家は「アダ」と本作を世に問うた。　272頁本体2700円

1940年　パリ陥落、夫妻はフランスに帰化申請するも当局は拒否

1940年

アダ

1934年、稀代の詐欺師スタヴィスキーがフランス全土を震撼させた一大疑獄事件をモチーフに、鋭く抉り出されるユダヤ人の魂、男女、階級、民族間の相克。　240頁本体2400円

1940年

この世の富

イレーヌ版「戦争と平和」。フランスのブルジョワ一族は二つの大戦をいかに生き抜くか。「多くの悩み、多くの苦しみ、多くの試練、それがこの世の富なんだ…」224頁本体2200円

1941年

血の熱

死後60年にわたって眠り続けていた最後の完結作。フランスの田舎の無口な人間、強欲で隣人を信じない村の世代間の無理解、少女を女に変貌させる一瞬！　128頁本体1500円

1941年

チェーホフの生涯

第二次世界大戦の勃発とほぼ同時に着手、戦火の中で執筆された本作は、作家の死後陽の目を見た最初の作品。生地ロシアそのものとして想起されたチェーホフ。192頁本体2000円

1942年ごろ　「燃え滾る溶岩の上で書いている」とノートに記す

1942年

秋の火

パリのプチブル三家族。25年を隔てて出征した二度の世界大戦はベルナールを煉獄に突き落とす。秋の野焼きのように焼き尽くされてゆくフランス…。　240頁本体2500円

1934〜1942年

処女たち イレーヌ・ネミロフスキー短篇集

希望を信じないように、絶望も信じない、冷徹の人・イレーヌの筆は、濃厚に滲む不安と危機感の奥に人間そのものの姿を鮮明に見せる。後期短篇九篇。　256頁本体2500円

1943年　疎開先のイシ・レヴクにてイレーヌは連行、8月、アウシュヴィッツにて死去

＊作品の執筆年を追っています